UNE

MAISON DE PARIS.

LE PRINCE
FRANCISQUE

Roman historique entièrement inédit,

PAR

FABRE D'OLIVET,

7 magnifiques volumes (*complet*) in-8°. Prix : 52 fr. 50 c.

Cet ouvrage n'est pas seulement un roman, c'est aussi une histoire. Le récit des événements, la peinture des caractères, la physionomie des personnages, en recevront un nouvel intérêt, et sauront réunir au charme d'une action dramatique et passionnée, l'attrait plus sérieux qui s'attache à des faits réels, authentiques, et dont l'exactitude est prouvée. C'est sur les Mémoires mêmes laissés par le prince Francisque Rakotzi, sur les écrits des personnages contemporains, sur les pièces officielles existant dans les chancelleries de France et d'Allemagne, que l'auteur a travaillé. — Le lecteur pourra donc le suivre avec confiance jusqu'à la fin du livre; c'est là qu'il trouvera, suivant l'habitude contractée par l'auteur dans ses précédents ouvrages, les extraits des nombreux et intéressants documents qu'il a consultés, et il pourra juger par lui-même de la fidélité du récit.

L'AMOUR, LES FEMMES ET LE MARIAGE,

PENSÉES DE TOUTES COULEURS

Recueillies et publiées par Adolphe RICARD.

1 vol. in-12. 3 fr. 50 c.

Corbeil, imprimerie de CRÉTÉ.

UNE

MAISON

DE PARIS

PAR ÉLIE BERTHET.

2

PARIS

PASSARD, LIBRAIRE-ÉDITEUR

9, RUE DES GRANDS-AUGUSTINS.

◁—▷

1848

CHAPITRE XVII.

XVII

Le capitaine, qui avait observé avec atten-tion la contenance de son compagnon et qui redoutait sans doute quelque scandale, se leva à son tour.

— Eh bien, monsieur, dit-il précipitamment, si vous voulez bien le permettre, nous allons nous retirer aussi... Je crains que ce brave garçon n'ait fait trop grand honneur à votre excellent dîner.

— Comment ça? s'écria Bambriquet avec étonnement, n'était-il pas convenu que vous resteriez avec ces dames pendant que j'irais à mes affaires? Je ne serai pas longtemps absent, et j'espère...

Le capitaine parut très-embarrassé.

— Mon bon monsieur Bambriquet, reprit-il, vous ne pouvez douter du plaisir que j'aurais à passer encore quelques instants près de votre charmante demoiselle, mais ce pauvre Joli-Cœur est déjà gris, et peut-être....

— Allons donc! Lisa est une brave fille, et quoiqu'elle ait été élevée dans un couvent, elle n'est pas assez bégueule pour se fâcher

de voir un honnête garçon un peu en go-
guette : restez donc... Elle vous chantera
quelque chose pour vous amuser.

La jeune fille comprit qu'il n'y avait pas à
hésiter; elle avait trop souffert dans cette soirée
pour vouloir s'exposer à une seconde épreuve
du même genre. Si elle laissait partir son
futur sans avoir avec lui l'explication qu'elle
désirait, l'occasion pourrait ne plus se repré-
senter, et elle se trouverait enfin irrévocable-
ment engagée. Aussi elle résolut d'acheter à
tout prix la cessation des angoisses qui lui
déchiraient le cœur.

—Mon père m'avait fait espérer, dit-elle en
rougissant, que monsieur de Saint-Julien vou-
drait bien nous accorder la soirée tout entière.

Bambriquet poussa un grand éclat de rire
et frappa sur l'épaule du capitaine.

— Vous l'entendez ! s'écria-t-il, je ne lui fais pas dire ; c'est elle qui vous retient.... Heureux coquin, va! Eh bien , voulez-vous partir, maintenant?

— Je reste, dit le capitaine, non sans jeter un regard de côté sur son compagnon.

Bambriquet prit son manteau et s'approcha de Saint-Julien.

— Ah ça, capitaine, dit-il à voix basse en lui serrant la main, j'espère que tout va bien?

— Monsieur, je suis au comble de mes vœux.

— Tant mieux ; ainsi j'ai votre parole !

— De tout mon cœur !

— Vous avez la mienne : tout est donc convenu... A mon retour nous fixerons le jour de la noce... Allons, adieu, messieurs et dames, continua-t-il en élevant la voix, amusez-vous bien ; je ne serai pas longtemps absent.

— Bonjour, vieux papa, cria la voix de rogomme de Joli-Cœur.

— Ah ! ah ! voilà la gaieté qui lui revient, dit l'ancien chiffonnier ; je suis sûr qu'il va vous faire bien rire, et je ne serai pas là... Au diable les affaires !... Allons, bonsoir tous, puisqu'il le faut. Et il quitta la maison avec autant de sécurité que s'il n'eût pas laissé sa fille dans une compagnie où elle pouvait avoir à supporter des outrages de plus d'un genre.

Cependant Élisa ne s'effraya pas trop d'abord du départ de son père. Tout entière à son projet, elle alla s'asseoir près du piano, espérant peut-être que le capitaine Saint-Julien profiterait de cette occasion de causer plus confidentiellement qu'il ne l'avait fait jusque-là ; mais le capitaine s'était penché à l'oreille de Joli-Cœur et lui parlait avec une extrême vivacité.

— Laisse-moi donc tranquille ! s'écria celui-ci avec insolence ; ça m'ennuie de faire l'homme comme il faut, à la fin... Pourquoi tant se gêner, puisque le vieux n'est plus là ? Cousine Jeanneton, embrasse-moi pendant que je me verserai encore une goutte de cet excellent *riquiqui*.

— Mademoiselle, s'écria Lapiquette de son verbe le plus haut, afin sans doute qu'on ne pût entendre les propos étranges de son malencontreux cousin, ne comptez-vous pas *jouer* de votre piano et chanter quelque chanson ?... ça fera bien plaisir à ces messieurs.

Élisa se hâta de promener ses doigts agiles sur les touches de l'instrument, et elle pré–

luda bruyamment. Elle commençait à regretter que son père se fût éloigné ; la compagnie où elle se trouvait seule et sans appui l'épouvantait.

Cependant Saint-Julien s'était emparé d'autorité des deux flacons qui étaient restés sur la table et voulait les remettre à Lapiquette pour qu'elle les fît disparaître ; mais ce projet porta au comble l'exaspération de l'ivrogne.

— Cré mille tonnerres, Henri ! ne m'échauffe pas la bile ! s'écria-t-il en se levant et en arrachant les flacons des mains de son camarade ; c'est aussi par trop embêtant si l'on ne peut ni se remuer, ni parler, ni rien faire. Je m'ennuie, moi, et je veux boire ! N'aie donc pas peur que je me grise et que je dise des bêtises... Est-ce que je suis un enfant,

de par tous les diables ! Fais l'amour, toi, et
né te mêle pas du reste.

La pauvre Élisa frappait sur son piano de
manière à en briser toutes les cordes ; elle se
sentait humiliée, avilie ; des larmes de honte
et de douleur brillaient dans ses yeux.

Enfin cependant il parut que les observations du capitaine et celles de sa parente firent quelque impression sur Joli-Cœur. Sa
voix devint moins bruyante, et bientôt elle
cessa de dominer les sons de l'instrument.
Il est vrai qu'on avait été forcé de lui abandonner encore une fois les flacons, sur sa
promesse d'en user modérément. Pendant
que la gouvernante restait près de lui pour
occuper son attention, Henri s'avança vers
Élisa qui continuait à frapper machinale-

ment les touches, et il s'assit près d'elle en lui disant avec un accent de respect :

— Soyez assez bonne, mademoiselle, pour excuser les inconvenances de ce pauvre homme... il n'est pas habitué à se trouver en compagnie de femmes timides et bien élevées; la boisson lui fait faire, comme vous le voyez, toutes sortes d'impertinences...

— Ne parlons pas de lui, capitaine, dit à demi-voix la jeune fille, qui crut le moment favorable pour l'explication projetée, et qui adoucit le son de l'instrument de manière que ses paroles pussent être entendues distinctement; quels que soient les liens qui vous unissent à lui, je vous ai facilement distingué de cet homme grossier, et j'ai toute confiance dans votre honneur et votre déli-

catesse pour les communications que j'ai à
vous faire.

— Cette confiance ne sera pas trompée,
je l'espère, répondit Saint-Julien en se pen-
chant vers elle d'un air d'étonnement.

— Monsieur, reprit-elle avec volubilité,
la position dans laquelle je suis me met au-
dessus de certaines convenances... je me
trouve dans la nécessité de sortir un peu de
la réserve ordinaire aux jeunes filles... Veuil-
lez m'excuser donc si j'entre brusquement
en matière.

— Je vous écoute, mademoiselle.

— Monsieur de Saint-Julien, continua-
t-elle d'une voix étouffée, vous m'avez parlé
aujourd'hui pour la première fois, et je ne
puis croire que j'aie déjà produit sur vous
une impression bien profonde ; de mon côté,

bien que j'aie pu déjà apprécier en vous des qualités honorables, je dois vous avouer que je me sens incapable de faire votre bonheur. Ne voyez dans cette déclaration rien de blessant pour vous personnellement ; elle eût été la même à l'égard de toute autre personne qui aurait recherché ma main... Je vous adjure donc de renoncer à votre poursuite et de rompre un mariage qui ne saurait être accompli.

Un mélange de mécontentement et d'ironie se peignit sur les traits du capitaine Saint-Julien.

— Mademoiselle, dit-il d'un ton piqué, il est bien tard pour me faire de pareilles confidences, et peut-être, avant de venir jusqu'à moi, elles eussent dû être faites à M. Bambriquet.

— Aussi ai-je tout dit à mon père, reprit Élisa vivement ; mais, par des considérations en dehors de mes sympathies particulières, il n'a pas voulu m'entendre. Je m'adresse donc à votre honneur de militaire, à votre loyauté de gentilhomme, et je vous supplie instamment de ne pas abuser de vos avantages sur moi ; vous aurez droit à toute ma reconnaissance.

Le capitaine se tut un moment comme s'il hésitait ; Élisa avait à peine la force de mouvoir ses mains, si légères habituellement, et les notes expiraient inachevées sous ses doigts.

— Mademoiselle, reprit enfin Saint-Julien d'une voix sarcastique, vous vous êtes méprise sur le caractère du sentiment que vous m'inspirez déjà... ce sentiment est plus profond que vous ne pensez, et je n'aurais garde de le sacrifier à de vains scrupules de jeune fille. Votre père vous aime sincèrement, et puisque les motifs que vous lui avez donnés n'ont pu le décider à renoncer à nos projets, c'est que sans doute j'aurais tort d'y renoncer moi-même.

Un demi-sourire méphistophélique errait sur ses lèvres pendant qu'il parlait, et son regard petillait d'astuce et d'ironie. Élisa, avec cette rapide intuition que donne la tension de toutes les facultés, entrevit une affreuse réalité : cet homme, fort de l'assentiment de son père, aurait le courage de l'épouser contre sa propre volonté. Tout à l'heure, lorsqu'elle croyait qu'il hésitait, il calculait sans doute les moyens de dompter cette volonté rebelle. En acquérant cette certitude, la jeune fille sentit comme une violente commotion à la poitrine ; elle pâlit, et, les yeux fixés sur le capitaine, elle laissa ses deux mains s'arrêter à la fois sur le clavier du piano.

Cette interruption permit d'entendre Joli-Cœur qui disait d'une voix enrouée en se démenant sur sa chaise :

— De quoi diable as-tu peur, Jeanneton, puisque ton vieux n'est plus là ? Nom de nom, allons-nous nous amuser quand tu t'appelleras madame...

Le capitaine frappa du pied.

— Ce butor me fera perdre la raison ! s'écria-t-il en jetant sur l'ivrogne un regard foudroyant.

Joli-Cœur répondit par une bordée d'injures grossières, et Élisa, pour ne pas entendre les ignobles expressions dont il se servait, se remit à frapper sur son piano avec une sorte de fureur. Le cœur lui soulevait de dégoût, et cependant, lorsque le calme se rétablit un peu à l'extrémité de la salle, elle eut le courage de tenter un dernier effort sur l'esprit de Saint-Julien.

— Monsieur, reprit-elle quand elle le vit redevenu attentif, je ne puis croire encore que vous soyez capable d'un sentiment pareil, sans doute vous n'avez pas bien compris le sens de mes paroles. Je vous ai dit que je me sentais incapable de faire votre bonheur; cela signifiait (pardonnez si, contre mon gré, mes paroles sont dures), cela signifiait que je ne vous aimais pas, que je ne pourrais jamais vous aimer.

Le capitaine sourit.

II.   2

— C'est un aveu désolant pour moi, mademoiselle, mais je ne le crois pas de nature à m'enlever tout espoir. Je pense que mes soins, mon affection....

— Eh bien, balbutia la jeune fille poussée à bout et révoltée de tant d'égoïsme, puisqu'il le faut, je vous dirai tout... Sachez donc que, si je ne vous aime pas, j'en aime un autre, et... oui... je crois que je l'aimerai toute ma vie.

La pauvre enfant savait à peine si elle disait la vérité, car elle n'avait jamais osé, depuis son retour à la maison paternelle, interroger son cœur. Cet aveu qu'elle ne s'était pas fait à elle-même, était venu jusqu'à ses lèvres, parce qu'il lui semblait un argument irrésistible dans la circonstance présente ; cependant, effrayée elle-même de sa hardiesse, elle détourna la tête en rougissant.

Le capitaine ne parut pas plus ému qu'au paravant; seulement l'expression d'ironie et de dédain qui se montrait d'abord sur son visage fit place à une certaine expression de menace.

— Il est peu de jeunes filles, dit-il sèchement, qui n'aient eu dans le cœur, avant le mariage, de pareilles amourettes; un mari ne doit pas s'effrayer de ces enfantillages... Quant à moi, mademoiselle, je saurais bien, le jour où je me serais uni à une femme, l'obliger à respecter ses devoirs.

Élisa était atterrée : une pareille infamie surpassait tout ce qu'elle avait pu imaginer de plus vil : mais ce sentiment de consternation dura peu ; elle résolut d'accepter franchement la lutte qui se préparait, et elle se leva

comme pour sortir. Le capitaine comprit qu'il
l'avait blessée, et il allait essayer d'atténuer
autant que possible l'effet de ses dernières
paroles, mais ce qui se passait dans l'autre
partie de la salle réclama toute son attention.

Lapiquette cherchait à se défendre contre
son audacieux cousin qui voulait à toute
force l'embrasser.

— Allons donc! pas tant de simagrées,
Jeanneton, criait l'ivrogne, dont la vigueur
extraordinaire rendait la résistance à peu
près impossible; que diable, ce ne sera pas
la première fois !

Et un gros baiser résonna sur la joue rouge
de la gouvernante.

— Emmenez-le, capitaine! par pitié,
emmenez-le! s'écria Jeanneton en rajustant

son bonnet; il a tout à fait perdu la raison...
C'est un abominable vaurien!

— Ignoble brute! dit Saint-Julien en lui
prenant le bras, tu as donc juré de ne faire
que des sottises ce soir?

Et il voulut l'entraîner vers la porte; mais
Joli-Cœur entra tout à coup dans une épouvantable colère et se dégagea vivement.

— Brute! vaurien! répéta-t-il; ah ça! pour
qui me prenez-vous, vous autres? Eh bien,
ma foi, au diable la comédie! je dis tout,
j'avale le morceau... Je ne suis pas un homme
comme il faut, moi, je ne suis qu'un bam-
bocheur, un *voyou*, quoi! et vous autres qui
faites les fiers, je veux apprendre à cette jolie
petite demoiselle ce que vous êtes.

— Te tairas-tu, infâme coquin! s'écria le
capitaine en s'efforçant inutilement de fermer

la bouche au colosse qui le dépassait de toute la tête.

Lapiquette s'avança vers Élisa, pétrifiée et frappée d'épouvante.

CHAPITRE XVIII.

XVIII

— Mademoiselle, dit-elle précipitamment à demi-voix, il n'est pas convenable
que vous écoutiez plus longtemps les vilains
propos d'un homme ivre ; rentrez bien vite
dans votre chambre.

— Oh! pour cela, non! s'écria Joli-Cœur en allant se placer devant la porte qui conduisait dans l'intérieur de l'appartement; je veux que la demoiselle sache tout, moi... Elle est gentille, cette petite; je lui veux du bien, et je ne souffrirai pas qu'elle épouse ce méchant Henri Janicot, *né natif* de Saint-Julien en Béarn, et qui s'est déguisé aujourd'hui en *monsieur* avec l'argent que je lui ai donné.

— Pour Dieu! cousin Joli-Cœur, interrompit Lapiquette d'un ton suppliant, songez aux mensonges que vous dites, et souffrez au moins que mademoiselle...

— Je ne dis pas de mensonges, et je ne suis pas ton cousin! reprit l'ivrogne d'un ton brusque; je suis ta *connaissance*, et je t'aide à manger l'argent que tu te fais donner ou que tu voles avec tes fausses clefs, voilà tout!

Tu veux me faire croire que lorsque tu auras épousé le vieux, tu le planteras là tout à fait ; mais je te connais bien : tu es aussi menteuse qu'effrontée !

— Seigneur, mon Dieu ! disait Lapiquette en levant les yeux et les mains vers le ciel, faut-il entendre proférer de pareilles infamies à son propre parent ! Moi qui ai toujours été une fille si honnête et si vertueuse !

Le capitaine écumait de rage : ses traits étaient livides et décomposés ; il s'efforçait toujours, mais inutilement, d'entraîner l'ivrogne.

— Viens, viens donc ! disait-il d'une voix étouffée ; viens, ou je te tuerai !

— Me tuer, toi, pauvre avorton ! répliqua Joli-Cœur en le repoussant d'un geste dédaigneux ; je sais bien que tu pourrais m'atten-

dre au coin d'une rue, le soir, pour me porter
un mauvais coup, mais tu n'oserais jamais
m'attaquer en face... Voyez-vous, ma petite
protégée, continua-t-il en s'adressant à la
jeune fille éperdue en lui désignant Saint-
Julien qui grinçait des dents, on vous a dit
qu'il était riche, qu'il était noble, qu'il avait
été officier dans la garde royale, mais ce sont
des *blagues,* voyez-vous ; c'est un pauvre
va-nu-pieds qui vit d'escroqueries... Depuis
plus de deux ans je l'ai à mon croc, et je le
nourris tant bien que mal. Les cent vingt
mille francs d'actions qu'on a montrés au papa
ont coûté trois francs cinquante d'achat, et
c'est encore trop cher; mais cette damnée
Jeanneton ferait croire au bonhomme, si
elle voulait, que les vessies sont des lanter-
nes! Henri, que nous appelons à la salle

d'armes, Henri le floueur, n'est pas plus noble
que vous et moi... Il est vrai qu'il a reçu un
peu d'éducation et que, quand il veut, il sait
prendre des airs comme il faut. A cause de
cela il a eu l'idée de se faire passer pour ancien capitaine de la garde royale; mais c'est
un *chic* qu'il se donne, voyez-vous... il n'a
jamais été que caporal dans ce beau corps
où j'étais susceptible de *marcher avec* comme
simple troubadour, et encore il en a été
chassé au bout de trois mois pour avoir
mangé la grenouille, si bien que, sans notre
colonel qui a eu pitié de lui, il eût été
condamné aux fers... Depuis ce temps il a
traîné la misère dans Paris, et il comptait se
remplumer un peu avec l'argent de votre
dot.

Nous faisons grâce au lecteur des inter-

ruptions, des protestations dont fut assaison-
née cette horrible révélation, et des expressions trop crues, habituelles à celui qui
parlait. Élisa, malgré l'épouvante et le dégoût profond qu'elle éprouvait, n'avait pas
perdu un mot de ce récit ; elle entrevoyait
enfin toute la hideuse trame dans laquelle
son père et elle se trouvaient enveloppés.
Son imagination vierge et pure s'égarait dans
ces monstrueuses conceptions de l'intrigue,
de l'immoralité et du crime.

— Oh ! mon Dieu, mon Dieu ! s'écria-
t-elle, qu'ai-je donc fait pour que vous
m'ayez précipitée dans cette ignoble fange ?

Le soi - disant capitaine et Lapiquette
étaient comme frappés de la foudre.

— Mademoiselle, dit enfin la gouvernante
en essayant encore de prendre un air de di-

gnité, je suis bien sûre que vous ne croyez
pas un mot de ce que vous a dit cet ivrogne ;
une personne comme moi est au-dessus de
pareils soupçons, mais je serais fâchée que
l'on répétât à votre père....

— Laissez-moi ! dit la jeune fille avec
horreur.

— Elle le croit, sainte Vierge ! elle le
croit ! suis-je assez malheureuse !

— Non, non, dit le prétendu Saint-Julien en s'efforçant de sourire ; mademoiselle
est trop sage pour prendre au sérieux des
propos de cette nature... Voilà ce qu'il en
coûte d'admettre dans une honorable compagnie des gens grossiers et mal appris.

— Je pense pourtant, dit la jeune fille,
incapable de maîtriser son indignation, que
cet homme, tout grossier qu'il paraisse, n'est

pas le plus méprisable de ceux qui se trouvent ici.

— Bravo, la petite ! bien touché, ma petite mère ! cria Joli-Cœur en riant aux éclats ; Henri le floueur en tient, sur ma parole... On avait bien raison de dire que vous n'étiez pas aussi commode que votre vieux bêtat de père ! A toi le paquet, monsieur le faraud, tu as trouvé ton maître.

Cependant Élisa, de plus en plus effrayée de se voir seule avec de pareils gens, cherchait à gagner la porte extérieure ; mais la gouvernante et Henri s'aperçurent de son projet.

— Ma bonne petite maîtresse, dit Lapiquette, qui voulut essayer de la soumission et de l'humilité, je vous jure que tout ce qu'on vient de vous dire est faux... Je suis innocente comme l'enfant nouveau-né ; je n'ai jamais volé votre père , je n'ai jamais eu de fausses clefs... Le peu d'argent que je possède m'a été donné par...

— Laissez-moi !... ne me touchez pas ! dit la jeune fille en reculant à mesure que la gouvernante s'avançait vers elle.

— Mademoiselle...

— Je ne veux rien entendre... je veux sortir... j'ai peur, ne me touchez pas !

— Mille tonnerres! s'écria le prétendu capitaine Saint-Julien en donnant enfin carrière à toute sa brutalité naturelle, nous laisserions-nous molester par une morveuse ! il faut que vous entendiez la raison, mademoiselle, ou sinon...

Il voulut porter la main sur elle pour la retenir de force, mais elle poussa des cris si perçants qu'il s'arrêta sans oser exécuter son projet. La pauvre enfant profita de ce moment d'hésitation et s'enfuit dans la cour de toute sa vitesse.

— Suivons-la, s'écria Lapiquette ; empêchons qu'elle raconte à quelqu'un ce qui vient de se passer.

— Qu'importe, maintenant ? dit Henri d'un ton sombre, ce stupide animal de Joli-Cœur a fait avorter la plus belle affaire que j'aie vue de ma vie... le coup est manqué.

— Pas encore, répondit la gouvernante avec un sourire amer ; vous ne savez pas quel est mon pouvoir ici : tout peut encore se réparer.

Pendant qu'ils se consultaient à demi-voix, l'ivrogne, assis sur la table, poussait des éclats

de rire convulsifs et disait en les regardant
d'un air goguenard :

— Eh! eh! les amis, ça vous apprendra!
Je n'aurai pas ma part au gâteau, mais je
m'en moque pas mal! Ah! vous m'avez appelé
vaurien et butor, et vous avez voulu me traiter
comme un zéro! eh bien! trémoussez-vous,
maintenant... Dieu, j'ai t'y fait de *la* belle
ouvrage!

Et, dans un accès d'hilarité plus fort que
tous les autres, il se laissa tomber sous la table
qu'il entraîna avec lui.

Nous savons qu'à la suite de l'effroyable
scène que nous venons de retracer, Élisa
s'était évanouie en entrant chez madame de
Salviac; mais les soins empressés que lui
prodigua Cécile la tirèrent promptement de
sa léthargie. Moreau respira bruyamment

lorsqu'il vit une teinte rosée reparaître enfin sur ses joues.

— Elle reprend ses sens, dit madame de Salviac avec tristesse. Pauvre enfant! comme elle a dû souffrir pour tomber dans un pareil état !

Moreau ne prononça pas une parole, mais une grosse larme roulait sur sa joue.

En ce moment un coup de sonnette réservé et discret se fit entendre au dehors. Ce bruit, tout léger qu'il était, fit tressaillir la jeune fille et lui rendit entièrement l'usage de ses sens.

— C'est elle! s'écria-t-elle en se cramponnant au bras de son amie. De grâce, madame, que je ne la voie pas... qu'elle n'entre pas ici, j'en mourrais.

Narcis entr'ouvrit la porte du salon et

annonça que la gouvernante de mademoiselle Élisa demandait à la voir.

— Est-elle seule? demanda Cécile, incertaine du parti qu'elle devait prendre.

— Elle est seule, madame, et elle a l'air bien affligée : elle fond en larmes.

— C'est de l'hypocrisie ! s'écria la jeune fille éperdue en serrant avec plus de force la main de Cécile. Si vous saviez quelle est cette horrible créature !

Madame de Salviac, voyant la répugnance invincible d'Élisa à se trouver en présence de la gouvernante, ordonna de faire entrer Jeanneton dans une pièce voisine, et elle se prépara à aller la joindre, afin d'obtenir d'elle l'explication de ce qui s'était passé.

— N'y allez pas, Cécile, par pitié, n'y allez pas! murmura Élisa d'un air égaré; ces hommes, ces brigands, sont sans doute embusqués à la porte... ils s'empareront de moi malgré vous... Si vous me quittez, je suis perdue!

— Ne craignez rien, Élisa, ma chère enfant, dit Cécile avec un accent de bonté en l'embrassant; personne n'entrera, je vous le promets... Calmez-vous : vous ne sortirez d'ici que lorsque votre père lui-même viendra vous chercher. En attendant, je vais renvoyer cette femme.

— Oh! que vous êtes bonne... Mais vais-je donc rester seule ici? ne voyez-vous pas comme je tremble?

— Je vous laisse un protecteur, dit madame de Salviac en désignant Moreau qui restait immobile dans un angle obscur du salon.

Et elle sortit.

— Qui est là? demanda la jeune fille dont les larmes troublaient la vue.

— Un homme qui vous défendrait contre l'univers entier ! répondit Moreau avec énergie en se montrant tout à coup.

Élisa ne put retenir un léger cri.

— Vous! vous ici ! s'écria-t-elle avec une joie d'enfant; oh ! c'est Dieu qui vous envoie ! Vous êtes fort, vous êtes hardi... Qu'ils viennent maintenant, je n'ai plus peur !

CHAPITRE XIX.

XIX

On entendait vaguement le bruit d'une conversation animée dans la pièce voisine ; la gouvernante semblait faire de grandes protestations d'innocence, et Cécile lui répondait d'un ton bas et sévère. Les éclats

de voix de sa persécutrice retentissaient douloureusement dans l'âme de la jeune fille,
déjà ébranlée par tant d'émotions. Moreau
se pencha vers elle, et il lui dit avec un accent
de profonde tristesse :

— Pauvre enfant ! ils ont donc été sans
pitié ?

— Oui, oui, sans pitié, répondit Élisa en
fondant en larmes ; oh ! monsieur Moreau,
si vous saviez tout ce que j'ai souffert dans
cette cruelle soirée !... J'étais seule, sans défense, au milieu de ces gens abominables ; ils
parlaient un langage qui me révoltait, et
leurs sentiments étaient plus repoussants encore que leur langage. J'ai résisté le plus
que j'ai pu, j'ai caché ma rougeur, retenu
mes larmes ; mais enfin ils se sont révélés à
moi dans toute leur épouvantable vérité...

Cette femme, à qui mon père aveuglé a donné toute sa confiance et qu'il se propose d'épouser, est perdue de vices ; elle le trompe, elle le vole pour un ivrogne qui appartient au rebut de la société ; et moi, monsieur, on avait comploté de me livrer à un misérable escroc qui cache, sous des dehors presque décents, une âme plus vile encore... Il me semblait tout à l'heure que j'étais en enfer, moi, pauvre fille innocente, au milieu des démons !

Les sanglots lui coupèrent la parole. Moreau la dévorait des yeux, mais il semblait encore retenir sur ses lèvres l'expression des sentiments tumultueux qui bouillonnaient en lui-même.

— Mademoiselle, reprit-il d'une voix légèrement altérée, serez-vous sans courage contre les premières atteintes de la vie réelle ?

ne songez-vous pas que la scène affreuse dont
vous venez d'être le témoin n'est qu'un événement trop vulgaire pour ne pas devoir se
renouveler souvent peut-être dans votre existence ?

La jeune fille le regarda avec étonnement.

— Je ne vous comprends pas, reprit-elle,
mais je sais bien, continua-t-elle d'un air
d'exaltation, que j'aimerais mieux mourir
mille fois que de me trouver encore en contact avec ce monde hideux où j'étais ce soir.

Ce transport de désespoir acheva de fondre
la glace dont le mystérieux Moreau semblait
entourer son cœur à plaisir. Il saisit la main
d'Élisa, qui ne songea pas à la retirer, et il
lui dit d'une voix pénétrante qui contrastait
avec sa réserve habituelle :

— Eh bien, mademoiselle, si ce monde

au milieu duquel vous êtes appelée à vivre
vous inspire une si vive répugnance, pourquoi ne le quitteriez-vous pas?

— Le quitter!... hélas! le puis-je?

—Vous le pourrez, si vous avez la force de
le vouloir, Élisa, noble jeune fille, continua-
t-il avec une animation extraordinaire en se
rapprochant d'elle; je vous en supplie, songez à l'avenir horrible qui vous attend! C'est
une vie toute de luttes, de déchirements, de
souffrances qui vous est destinée... A supposer
qu'ils se décident à repousser l'homme méprisable qui a été démasqué ce soir, ils vous
imposeront sans doute un mari grossier qui
froissera votre délicatesse extrême, qui cho-
quera votre légitime orgueil et votre belle
intelligence; vous serez une martyre de vos
devoirs et vous aurez à rougir même de vos

talents, même de vos qualités les plus brillantes ; n'est-ce pas que cette condition est
horrible ?

— Il n'est que trop vrai. Déjà bien des fois,
depuis quelques jours, j'ai regretté la fatale
imprudence de mon père, qui a voulu m'é-
lever par l'éducation si fort au-dessus de lui.

— Peut-être portera-t-il aussi la peine de
son imprudence ; mais le mal est fait, et c'est
à vous de vous y soustraire sans balancer.

— Vous me parlez par énigmes, monsieur ; comment pourrais-je...

— Ne vous offensez pas de ce que je vais
vous dire, reprit Moreau avec moins d'assurance.

Puis, au moment de s'expliquer, il s'arrêta
comme embarrassé de trouver des expressions convenables pour rendre sa pensée.

Un bruit rapproché de voix et de pas se fit entendre à l'extérieur. Élisa, croyant dans sa terreur d'enfant que Lapiquette et ses odieux acolytes revenaient l'arracher de cet asile, se leva, oubliant tout le reste, et se jeta en arrière en poussant un léger cri. Moreau la retint doucement par le bras.

— Il n'est plus temps d'hésiter, reprit-il avec chaleur, on va venir peut-être et les moments sont précieux... Elisa, je vous aime, et j'ai osé croire que vous n'aviez pour moi aucun sentiment de haine ; acceptez-moi pour votre protecteur : je vous entourerai d'égards et de respect.

Jusqu'ici vous ne m'avez pas connu : vous m'avez pris pour un misanthrope, ennemi de la société, de ses pompes et de ses joies ; vous ne m'avez vu que sous une face... J'ai

une autre existence agitée, éclatante, en-
viée. En sortant de cette maison, je vais
reprendre un nom sonore, je vais reparaître
sur un brillant théâtre, et après cette étrange
transformation, celui qui m'aurait vu ici
obscur et solitaire ne saurait me reconnaître... Charmante enfant, consentez à vous
fier à moi, acceptez mon appui, et je saurai
bien vous soustraire à ce monde qui vous fait
horreur; je vous conduirai dans un lieu où
vous jouirez de toutes les douceurs de la richesse, de toutes les splendeurs du luxe, où
tout ce qui vous approchera sera délicat et
respectueux, où je donnerai moi-même à
tous l'exemple de l'obéissance à vos volontés,
à vos moindres caprices. Parlez, mademoiselle, une voiture attend à quelques pas d'ici,
et en quelques instants vous serez à l'abri des

indignités dont vous avez tant souffert dans cette soirée.

Une vive rougeur colora le visage de la jeune fille.

— Qu'osez-vous me proposer? dit-elle; cette fuite ne serait-elle pas un crime?

—Eh! pouvez-vous répondre que le désespoir ne vous en fera pas commettre de plus grands si vous restez?... Écoutez, continua-t-il en tendant la main vers la porte, derrière laquelle se faisaient entendre plusieurs voix animées, ils viennent réclamer leur proie; faut-il qu'elle leur soit rendue?

— Oh! non, non! plutôt mourir!

— Fiez-vous donc à un homme d'honneur qui vous aime plus que la vie.

— Je veux vous croire... Je suis sûre que vous êtes bon, que vous êtes plein de courage et de générosité; mais mon père, mon pauvre père, dois-je le laisser seul ici, entouré d'ennemis que son aveuglement l'empêche de reconnaître !

— Les yeux de votre père seront bientôt dessillés, dit Moreau avec entraînement; d'ailleurs avez-vous réfléchi, pauvre enfant, combien vous occupez peu de place dans le cœur de ce vieillard égoïste, qui depuis votre naissance vous a tenue éloignée de lui et qui allait vous jeter dans les bras du premier fripon venu pour se débarrasser de vous? N'ayez pour lui aucune inquiétude : il a toujours vécu dans ce monde bas et grossier où il ne trouve ni humiliation ni dégoût ; c'est vous seule qui êtes à plaindre, vous qui, par votre éducation, vos talents, vos nobles facultés, êtes supérieure à son méprisable en-

tourage. Élisa, si mon amour ne peut rien
sur vous, songez du moins à vous-même, je
vous en supplie! La cruelle épreuve d'aujour-
d'hui peut se renouveler : votre père est
faible, ignorant, incapable de vous défendre ;
vous resterez exposée aux intrigues, aux in-
sultes des méchants; vous lutterez, mais votre
courage s'épuisera, et un jour peut-être le
suicide...

Il n'acheva pas : la jeune fille venait de
laisser tomber sa main dans celle de Moreau
en détournant les yeux, et elle murmura
d'une voix étouffée :

— Que Dieu et mon père me pardonnent!

Moreau pressa frénétiquement contre ses
lèvres la main qu'on lui abandonnait.

— Eh bien, partons ! dit-il avec transport
en se dirigeant vers la porte.

Élisa le retint par un geste solennel.

— Vous le voyez, dit-elle, pour vous je quitte mon père, mes amis, le foyer domestique; pour vous je brave l'opinion du monde et la réprobation de ma conscience. Au moment de renoncer à tout ce qui m'est cher, je ne vous demande qu'une chose : jurez-moi que le nom que je dois recevoir de vous au pied des autels est celui d'un homme qui n'a aucun motif honteux pour le cacher !

Moreau parut interdit et baissa les yeux sans répondre.

— Quoi donc, monsieur? dit Élisa tristement ; auriez-vous à rougir de votre passé?

— Mademoiselle, répliqua Moreau avec effort, nous ne nous sommes pas compris, et, au prix même de mon bonheur, je ne voudrais pas vous tromper.

Sa poitrine était oppressée et son front ruisselait de sueur.

— Parlez, monsieur, je vous crois trop fier pour mentir.

— Élisa, je vous aime de toutes les forces de mon âme... mais des nécessités inexorables, des devoirs terribles... Vous ne pouvez être ma femme.

La jeune fille le regardait fixement; elle semblait chercher l'explication d'un mystère inconcevable.

— Je ne puis être votre femme, répéta-t-elle; mais alors que vouliez-vous donc?

Moreau se taisait toujours : tout à coup elle pâlit et elle recula d'un pas.

—Oh! mon Dieu! s'écria-t-elle d'une voix déchirante, il m'outrage aussi... c'est infâme! c'est infâme!

Et elle retomba sur son siége.

— Mademoiselle, balbutia Moreau, écoutez-moi, de grâce...

— Je ne veux plus vous entendre! dit la jeune fille avec désespoir, vous m'avez trompée... Tout me trahit, tout me repousse! que me reste-t-il donc à aimer sur la terre?

La porte du salon s'ouvrit tout à coup et Bambriquet parut, suivi de plusieurs autres personnes, mais Elisa ne les vit pas; elle s'élança vers son père et elle l'entoura de ses bras en fondant en larmes, sans prononcer un mot.

CHAPITRE XX.

XX

Bambriquet avait le visage rouge et animé; madame de Salviac et la gouvernante
se tenaient à ses côtés, commé le bon et le
mauvais ange, et elles lui parlaient l'une et
l'autre à voix basse avec chaleur. Dans la

pénombre de l'antichambre, on apercevait, par la porte entr'ouverte, le prétendu capitaine de Saint-Julien qui n'osait entrer et qui semblait attendre le résultat du scandale dont il était la cause.

Bambriquet repoussa sa fille assez rudement.

— Laissez-moi, mademoiselle! dit-il avec colère; j'en apprends de belles sur votre compte? A-t-on vu faire pareil esclandre pour les propos d'un ivrogne! mettre toute une maison en rumeur et se sauver chez les voisins? Je ne suis pas d'humeur à souffrir toutes ces simagrées, je vous en préviens.

— Mon père... mon bon père, pourquoi m'avez-vous laissée seule avec ces méchantes gens? Vous ignorez donc qu'ils se sont asso-

ciés pour nous faire tomber, vous et moi,
dans quelque piége affreux.

— L'entendez-vous? s'écria la gouvernante en prenant un ton lamentable, je vous
l'ai bien dit qu'elle allait m'accuser de toutes
sortes d'horreurs? moi qui suis connue dans
le quartier pour une fille sage et rangée...
Demandez à madame Trichard, la portière,
et...

— Ma mie, interrompit madame de Salviac sèchement, nous ne sommes pas ici
pour entendre votre panégyrique, et faites-
nous-en grâce, je vous prie. Quant à vous,
monsieur Bambriquet, il me semble qu'après
la scène déplorable qui vient de se passer
chez vous, vous devez moins accuser votre
fille que votre propre imprudence. Je suis
mère moi-même, et j'ai bien le droit de vous

dire que vous avez méconnu vos devoirs dans cette circonstance... Au reste, ce déplorable esclandre aura eu du moins un avantage, celui de rendre impossible un mariage qui était odieux déjà à votre fille.

Bambriquet ne répondit pas : sa conscience lui faisait bien quelques reproches, et l'autorité naturelle de madame de Salviac lui imposait. Lapiquette, qui désirait se disculper à tout prix, et qui, pour atteindre ce but, ne s'inquiétait pas d'abandonner ses complices, s'empressa de faire des concessions.

— Pour ce qui est du mariage, reprit-elle, monsieur est bien le maître d'agir comme il l'entendra... Je ne connaissais pas ce capitaine Saint-Julien, moi, et il est possible qu'on nous ait trompés ; mais lorsqu'on ose me dire que je suis...

— Tais-toi, ma bonne Lapiquette, dit l'ex-chiffonnier, combattu par le sentiment de ses torts et par la fausse honte de paraître changer d'avis; personne n'a rien à dire sur ton compte, ma brave fille! mais je prendrai de nouveaux renseignements sur ce M. de Saint-Julien, et cette fois plus sérieusement que la première, car je pensais que tu pouvais répondre de lui... Puisqu'il n'en est rien, j'aviserai.

— Je ne souffrirai pas qu'on nourrisse des soupçons aussi outrageants pour mon honneur! s'écria Saint-Julien en s'élançant dans le salon en désespéré. Si l'on croit aux paroles d'un ivrogne lorsqu'il s'agit de moi, pourquoi n'y croit-on plus lorsqu'il s'agit de cette servante qui se joue indignement de la crédulité de son maître?

Lapiquette jeta sur lui un regard de hyène.

— Ah ! c'est comme ça ! s'écria-t-elle ; eh bien, je vous assure, monsieur, que je commence à douter des bons rapports qu'on m'avait faits au sujet de cet intrigant-là, et je croirais volontiers...

— Tu ne me disais pas cela ce matin, murmura Bambriquet avec reproche ; mais n'importe : nous causerons à loisir. Pour vous, continua-t-il avec emphase en se tournant vers Saint-Julien, je vous déclare que je retire ma parole... je crains que vous ne conveniez pas à ma fille, et un bon père ne doit pas gêner la volonté de son enfant.

Cette remarque un peu tardive fit sourire madame de Salviac, pendant qu'Élisa enthousiasmée embrassait vivement son père pour le remercier.

Le capitaine, voyant qu'il ne pouvait plus compter sur l'appui de personne, et que sa cause était décidément perdue, ne chercha plus à se contenir et donna carrière à son violent dépit.

— De par tous les diables! s'écria-t-il d'une voix tonnante en montrant le poing à Bambriquet, tu me payeras celle-là, vieil imbécile! tu verras si l'on se moque impunément de moi!

Une main de fer le saisit au collet de son habit et le secoua avec rudesse.

— Pas d'injures, Janicot! dit une voix mâle et imposante, pas d'insolences, et sortez d'ici sur-le-champ!

C'était Moreau qui venait de se poser fièrement en face de lui. En entendant cette voix, le soi-disant capitaine devint livide.

— Qui êtes-vous ? que me voulez-vous ? balbutia-t-il sans chercher à se dégager.

— Tu ne me reconnais pas ?... Il est vrai que je suis bien changé !

Moreau lui dit quelques mots à l'oreille.

— Comment, vous seriez...

— Tais-toi, et sors... Quoique je n'aie plus de puissance aujourd'hui, tu sais que je pourrais encore te faire repentir de tes fanfaronnades.

L'autre s'inclina profondément devant le mystérieux locataire, et sortit sans jeter même un regard sur les autres assistants.

Tout le monde resta stupéfait.

— Ah çà ! vous êtes donc le diable ? s'écria Bambriquet en écarquillant ses gros yeux.

— Il n'y a dans tout ceci rien que de fort

simple, dit Moreau d'un air abattu; j'ai connu cet homme à une autre époque; et je l'ai menacé de révéler certains détails qui le concernent; sa lâcheté a fait le reste.

— Tiens, tiens, murmura Lapiquette, qui avait entièrement repris courage, j'avais toujours soupçonné *celui du second* d'appartenir à la police... Il paraît que je ne me suis pas trompée.

Et elle s'esquiva aussitôt pour s'assurer que le cousin Joli-Cœur ne pourrait troubler la bonne harmonie si heureusement rétablie.

Bambriquet s'excusa gauchement auprès de Cécile du dérangement que lui avait causé la terreur de sa fille. Pendant ce temps Moreau se glissa auprès d'Élisa.

— Mademoiselle, demanda-t-il à voix basse, je suis bien coupable, et cependant

laissez-moi espérer que vous n'aurez pas
pour moi un souvenir de haine et de mépris.

— Je vous pardonne, monsieur, soupira
la jeune fille.

Et elle prit le bras de son père qui, en
s'apercevant que la gouvernante n'était plus
là, s'empressa de couper court aux compliments et sortit tout effaré.

Moreau et Cécile restèrent seuls un moment. Pas un mot n'avait encore été
échangé entre eux, quand des pas rapides
retentirent sur l'escalier et presque aussitôt la
sonnette de l'appartement fut vivement agitée.

— Enfin c'est Édouard ! s'écria Cécile
avec joie; heureusement tout est fini, car sa
vivacité ordinaire eût pu encore brouiller les
affaires de cette pauvre petite.

C'était en effet M. de Salviac : il entra sans voir Moreau, et courut embrasser sa femme.

— Ma chère Cécile! s'écria-t-il comme s'il eût été incapable de garder plus long-temps la nouvelle qu'il apportait, j'ai passé la soirée auprès de l'ambassadeur, et je suis enfin parvenu à savoir quel était mon puis-sant protecteur auprès de lui.

— Et quel est-il donc, mon ami?

Un mouvement de Moreau avertit Salviac de sa présence.

— Le voici! s'écria l'artiste impétueuse-ment en se dirigeant vers son mystérieux voisin; il ne peut plus le nier!

— Lui, M. Moreau?

— Lui, le prince Alfred de Z..., ancien colonel de la garde royale.

— Serait-il possible? s'écria Cécile.

Le personnage à qui nous avons donné
jusqu'ici le simple nom de Moreau restait
morne et sombre, insensible à ce qui se
passait autour de lui.

— Monsieur le prince, dit Salviac avec
cordialité, n'essayez pas de vous dérober plus
longtemps à mes remercîments... L'ambassadeur, pressé par mes instances, m'a montré la lettre qu'il avait reçue de son ami particulier, le prince de Z... J'ai reconnu votre
écriture aussi bien que votre devise : *Noblesse
oblige,* et il ne m'est plus resté aucun doute
que l'illustre héritier de la maison de Z... ne
fût le même que mon voisin et ami M. Moreau. Mais, rassurez-vous, je n'ai point trahi
le secret de votre incognito ; quelles que
soient les raisons que vous avez de cacher
pour le moment votre nom illustre, je les ai

respectées ; je n'ai rien dit à Son Excellence, qui avait fait droit à votre recommandation sans se douter du lieu de votre retraite. Seulement, en vous voyant ici, la reconnaissance l'a emporté sur la discrétion.

Moreau se leva lentement et pressa la main que lui tendait Salviac.

— Je suis celui que vous avez dit, reprit-il avec un air de profonde tristesse ; sous un nom ou sous un autre je serai toujours votre ami.

— Mais c'est une trahison cela ! s'écria Cécile gracieusement ; voyez à quoi se trouve exposée une pauvre maîtresse de maison ! Elle croyait recevoir un petit rentier obscur, et pendant plusieurs semaines elle a eu là, dans son salon, le représentant d'une des plus anciennes familles de France !

— Ne lui enviez pas les heures de bon-

heur qu'il a passées chez vous sous son déguisement, reprit le prince avec un sourire
mélancolique; ce seront sans doute les dernières dont il jouira sur la terre.

L'artiste, frappé de l'altération de sa voix
et de la douleur extraordinaire qu'exprimait
toute sa personne, voulut le questionner;
mais Cécile lui fit un signe mystérieux.

— Adieu, Salviac;adieu, madame, reprit
le prince après un moment de silence;
l'inexorable nécessité qui m'a amené dans
cette maison me force maintenant d'en sortir,
mais nous nous reverrons dans peu.

Il serra encore une fois la main de l'artiste, puis se tournant vers Cécile, il lui dit à
demi-voix :

— Eh bien, madame, comprenez-vous

maintenant de quelle nature sont les obsta-
cles dont nous parlions ce soir?

— Je comprends en effet, prince, que le
nom que vous portez doit vous imposer de
grands et pénibles sacrifices.

— Des sacrifices ! répéta le noble locataire
avec une explosion de fureur, dites plutôt,
madame, de longues et intolérables tortures...
Ce nom, qui remonte aux origines de notre
histoire ; ce nom, que tant de vaillants sei-
gneurs, d'illustres guerriers, de savants pré-
lats ont porté avant moi ; ce nom, dont l'éclat
égale presque l'éclat d'un nom royal, a déjà
fait le supplice de ma vie ; pour lui j'ai dû
renoncer aux affections de famille, pour lui
j'ai consenti à me cacher comme un criminel, pour lui je vais mourir de rage et de
désespoir... qu'il soit maudit !

La voix lui manqua tout à coup ; Cécile et Salviac voulurent lui adresser quelques consolations, mais il leur fit de la main un signe d'adieu, et il sortit brusquement.

Cinq minutes après on entendit une voiture qui l'attendait à la porte s'éloigner au galop.

CHAPITRE XXI.

XXI

Par une de ces soirées froides et brumeuses qui caractérisent l'hiver à Paris, tout le faubourg Saint-Germain était en rumeur, et la rue de Verneuil présentait un spectacle inaccoutumé de mouvement et de bruit;

une longue file de voitures se dirigeait vers
un vaste hôtel brillamment illuminé et dont
la double porte cochère était flanquée de
deux gardes municipaux à cheval en grand
uniforme. Tout annonçait dans cette opu-
lente demeure une de ces fêtes pour lesquelles notre vieille aristocratie semble retrouver
encore par moments son luxe et sa prodiga-
lité fastueuse d'autrefois.

L'hôtel dont nous parlons appartenait au
comte de Montreville, un des boudeurs les
plus sévères, les plus purs, les plus *blancs*
enfin de tout le noble faubourg. Le comte
de Montreville, qui touchait par ses alliances
à plusieurs maisons princières, avait eu le
bonheur, bien rare en 93, de sauver presque
toute sa fortune. Aussi, rentré en France avec
les Bourbons, avait-il pu, à l'opposé de tant

d'autres émigrés, reprendre ce train somp-
tueux, cette existence de grand seigneur qu'il
menait avant la tourmente révolutionnaire.
A une époque où l'aristocratie de la finance
sortait de son comptoir enfumé pour étaler
dans ses salons nouveaux une insolence tyrannique, il avait pu élever autel contre autel, et
montrer en regard de ce faste économique et
de mauvais goût de nos obscurs banquiers, la
splendeur des grandes familles d'autrefois. A
travers les vicissitudes politiques, la société
qui fréquentait l'hôtel de Montreville avait
su se préserver de tout mélange : là on
n'avait pas encore sacrifié au veau d'or, et
pour obtenir l'entrée de ce dernier sanctuaire
de la vieille urbanité française, il ne suffisait
pas d'être riche. Comme autrefois cependant,
le talent et l'esprit avaient droit de cité dans

ce salon aristocratique; rien n'y faisait tache,
rien ne rappelait ces disparates choquantes de
certaines maisons de Turcaret, où la grossièreté dans le ton et les manières des invités
contraste avec le luxe extérieur, et l'on pouvait avec raison être fier d'avoir été admis,
ne fût-ce qu'une fois, dans cet asile du bon
goût et de l'exquise politesse.

Aussi s'expliquera-t-on facilement que la
fleur de la haute société parisienne se fût
donné rendez-vous chez le riche comte de
Montreville qui ouvrait ses salons pour la
première fois de la saison. Le soir dont nous
parlons, un intérêt particulier venait s'ajouter
à l'empressement ordinaire des invités : on
disait tout bas que cette fête n'était que le
prélude d'une autre plus brillante qui devait
être donnée pour le mariage de mademoiselle

Hermance de Montreville avec un personnage illustre. Bien que cette nouvelle ne fût pas encore officielle, et que rien jusque-là n'eût pu la confirmer, elle avait mis en émoi tout le noble faubourg. Certaines familles, un peu gênées en secret, s'étaient préparées de longue main aux exigences possibles de cette solennité ; plus d'une voiture avait été repeinte, plus d'une avait été renouvelée au commencement de l'hiver en vue des obligations auxquelles on pouvait se trouver soumis un peu plus tard. Plus d'un ami de la maison, afin de se faire croire mieux instruit que le commun, avait affecté de rester plus longtemps dans ses terres cette année-là, afin de réaliser des économies qui devaient être dépensées en un seul jour. En attendant que ce jour vînt, s'il devait venir, on se fai-

sait honneur de tout ce luxe anticipé, et l'on
désirait surtout apprendre par soi-même si
l'événement dont on prévoyait la possibilité
était encore éloigné, ce dont chacun comptait pouvoir juger pertinemment le soir dont
il s'agit.

L'intérieur de l'hôtel de Montreville n'offrait pas au regard cette profusion de dorures
et d'ornements, ces oripeaux et ce clinquant
fragile qui appartiennent aux petites maisons
du quartier de la Madeleine ou de la rue
Notre-Dame-de-Lorette. Tout était simple,
grand, majestueux, mais sévère; tout était en
harmonie avec la foule animée qui envahis-
sait en ce moment les appartements, et c'était
en vue d'elle que l'édifice semblait avoir été
construit au temps de Louis XIV. L'antichambre était assez vaste pour contenir un

régiment de laquais. Les salons, avec leurs hautes fenêtres couvertes de rideaux de velours à crépines d'or, avec leurs plafonds à rosaces élevés de trente pieds, d'où retombaient des lustres de cristal chargés de bougies, eussent offert assez d'espace à un souverain et à une cour nombreuse. De même pour les détails : les meubles étaient lourds, mais solides et graves dans leur antique richesse; et les immenses cheminées de marbre blanc où brûlaient des arbres entiers, en rappelant le foyer hospitalier de nos ancêtres, nous eussent fait rougir de ces égoïstes cheminées modernes où un seul visiteur peut trouver place devant un feu modeste. Bref, on jugeait, en parcourant cette magnifique demeure, que ses maîtres n'avaient pas voulu en jouir seuls, et qu'ils l'avaient rendue propre à recevoir tous ceux qu'il leur plairait de convier au banquet de leur fastueuse existence.

Il était dix heures environ : la vaste et sonore antichambre était encombrée de grooms, de valets de pied, de chasseurs occupés à examiner avec une curiosité respectueuse les beaux cavaliers et les femmes élégantes qui venaient déposer dans cette pièce les pelisses et les manteaux ; puis, les préparatifs de toilette terminés, lorsque les dames avaient posé leur petite main gantée sur le bras de leur cavalier, et jeté un dernier et rapide regard sur leur parure, une portière de velours se soulevait tout à coup, et l'œil des curieux plongeait dans l'éblouissante étendue des salons ; mais cette vision féerique durait peu : la voix éclatante d'un huissier tout vêtu de noir proclamait le nom d'un duc ou d'une princesse, et la portière jalouse se rabattait derrière les arrivants.

Le comte de Montreville allait et venait dans les salons, tandis que madame de Montreville, assise auprès de sa fille Hermance, au coin de la cheminée, causait avec un essaim de femmes belles et parées. Le comte était un vieillard de soixante-dix ans, vert encore, et dont le costume aussi bien que le langage tenait à l'*ancien régime* le plus pur. Ses cheveux blancs et poudrés affectaient légèrement la forme d'ailes de pigeon ; il portait un habit et des culottes noirs, une veste de satin, un jabot et des manchettes de dentelles, des souliers à boucles de diamants, et il était décoré de l'ordre de Saint-Louis. Mais ce qui surtout faisait reconnaître en lui

un homme d'une autre époque, c'était ce ton
de galanterie parfaite dont les traditions se
perdent parmi nos gens du monde. Il possédait au plus haut point l'art difficile de compli-
menter. Bien que les formes de cette politesse
chevaleresque fussent parfois un peu suran-
nées, il savait par quelques paroles gracieuses donner de la joie et de l'orgueil pour
toute la soirée à ceux qu'il rencontrait sur
son chemin, en allant de groupe en groupe.
Madame de Montreville était en tout la digne compagne de ce beau type de l'ancien
grand seigneur amphitryon. Ses traits, cor-
rects dans leur embonpoint, indiquaient encore qu'elle avait été belle; ses cheveux d'une
blancheur de neige étaient relevés en boucles, avec cette coquetterie modeste qui sied
si bien à la vieillesse, et s'harmonisaient avec

la douceur et la sérénité de son visage. Suivant l'usage des maîtresses de maison un jour de réception, sa mise était de la plus grande simplicité : une robe de velours noir, un bonnet à fleurs et en dentelle en faisaient tous les frais ; et cependant la comtesse avait un air d'aisance et de grandeur qui la distinguait au milieu des plus fières duchesses couvertes d'or et de bijoux. Pleine de bienveillance et d'aménité avec les hommes, attentive, prévenante, affectueuse avec les femmes, il était impossible de faire les honneurs de ce magnifique salon avec plus de grâce, de noblesse et d'affabilité.

Hermance, au rebours, était une svelte et mignonne créature de seize ans, blanche, rose, aux yeux éveillés, au nez finement retroussé, à la bouche rieuse, et qui semblait

avoir peine à modérer, au milieu de ce grave
cérémonial, sa pétulance ordinaire. Elle était
tout en blanc, les bras et les épaules nus.
Sous ce costume léger, avec cette petite mine
moqueuse, la noble demoiselle de Montreville semblait être la plus adorable grisette
qui se puisse voir. Cependant certains signes
caractéristiques pouvaient distinguer Hermance de Montreville des agaçantes plé-
béiennes de la rue Saint-Denis : ce pied mi-
gnon, furtif, emprisonné dans un soulier de
satin blanc, ne pouvait appartenir à une fille
du peuple, non plus que cette main petite,
délicate, aux doigts effilés, cette taille fine,
souple et onduleuse, ces cheveux doux et
soyeux : c'étaient là des indices auxquels,
malgré son minois chiffonné, il était impossible de méconnaître une femme de *race* et

(nous rougissons de nous servir de ces expressions peu galantes, mais consacrées) une femme *pur sang*.

A mesure que la soirée s'avançait et que la foule s'accumulait dans les salons, mademoiselle de Montreville devenait inquiète, préoccupée, et elle donnait fréquemment des marques d'impatience. Chaque fois que l'on annonçait des nouveaux venus, elle tressaillait et elle tournait vivement les yeux du côté de la porte; puis une expression boudeuse se peignait sur sa physionomie espiègle et mobile, et elle répondait à peine aux cajoleries et aux mignardises des dames qui, en venant saluer sa mère, croyaient devoir lui adresser aussi leurs compliments.

Sans doute ces signes fréquents de dépit avaient un sens particulier pour quelques-

uns des assistants, car un groupe de vieilles
femmes, parées comme des châsses, et qui
avaient pris position de l'autre côté de la cheminée, sans doute afin d'examiner à la fois
la mère et la fille, échangeaient des sourires
et des hochements de tête. Mais Hermance,
indifférente aux suppositions de ces chari-
tables personnes, continuait son petit manége. Bientôt son anxiété devint si visible
que la comtesse elle-même, malgré ses préoccupations, finit par s'en apercevoir. Elle
profita d'un moment où elle pouvait échapper à l'attention générale pour se pencher
vers sa fille.

— Mon enfant, demanda-t-elle avec
bonté, pourquoi donc es-tu si maussade ce
soir? on croirait que quelque chose te con-
trarie.

— Il est vrai, dit Hermance avec cette vivacité d'enfant gâtée qui ne sait supporter aucune contrariété ; il est déjà onze heures, et elle ne vient pas....

— Qui donc, ma fille ?

— Élisa... mon amie de pension ; elle doit chanter avec moi le duo italien qui va si bien à ma voix ; mon Dieu ! mon Dieu ! mon Dieu ! si elle allait ne pas venir !

— Tu chanterais avec quelqu'une de ces dames du théâtre ; madame P... a un contralto magnifique.

— Non, non, je ne veux pas, moi, interrompit la jeune fille d'un ton boudeur ; vous savez bien que je ne peux chanter ce morceau qu'avec Élisa... Mais êtes-vous sûre, maman, qu'elle viendra ?

Des personnes qui s'avancèrent vers ma-

dame de Montreville pour la saluer inter-
rompirent cette conversation. Le front blanc
de la jeune fille se plissa légèrement, et son
petit pied, sous sa robe blanche, frappa con-
vulsivement le tapis. Enfin les importuns se
mêlèrent à la foule qui déjà remplissait les
salons, et la comtesse put glisser d'un ton
caressant à l'oreille de sa fille:

— Rassure-toi, petite folle; n'ai-je pas
pris la peine d'aller moi-même inviter ton
amie? Tu étais présente, et tu as entendu
qu'on lui permettait de venir en compagnie
de M. et de madame de Salviac. Allons,
calme-toi; elle sait que tu comptes sur elle, et
elle n'aura garde de manquer à sa promesse.

— Oui, mais son père, ce vilain homme
qui a des boucles d'oreilles et qui parle d'une
façon si ridicule, n'aurait-il pas pu la rete-

nir? Bon Dieu! maman, que cette pauvre
Élisa a un vilain père! Et puis, avez-vous
vu cette grosse servante qui voulait toujours
se mêler à la conversation? Mais vous, maman, vous lui avez bien vite imposé avec
votre grand air... Cependant ils ne parais-
saient contents ni l'un ni l'autre que ma
bonne amie vînt passer la soirée ici, et je
crains bien qu'ils ne l'aient retenue; car enfin, si elle devait venir, pourquoi se ferait-
elle attendre si longtemps? Je suis sûre que
la faute en est à cette madame de Salviac;
elle est si coquette!

La comtesse réprima par un sourire bien-
veillant cette petite colère de colibri qui s'en
prenait à tout le monde. En ce moment
l'huissier annonça Son Excellence l'ambas-

sadeur de Saxe. L'impatience de mademoiselle de Montreville parut redoubler.

— Déjà l'ambassadeur ! murmura-t-elle,
et sans doute le prince va arriver d'un moment à l'autre... Élisa et moi nous devions
chanter notre duo en premier ; je ne me
soucie pas, moi, de me faire entendre après
ces artistes du théâtre Italien, et si elle n'est
pas ici dans un quart d'heure, je ne chanterai
pas... non, vraiment, je ne chanterai pas.

Elle répéta deux fois ces paroles d'un ton
décidé comme une menace, mais la comtesse
ne l'entendit pas. Un grave personnage, vêtu
de noir, couvert de plaques et de cordons,
venait de s'incliner devant elle avec une roi-
deur toute diplomatique : c'était l'ambassadeur. Madame de Montreville le reçut avec
sa grâce habituelle ; mais Hermance, à qui

il adressa aussi ses salutations, l'accueillit d'un air distrait et froid.

— Décidément il y a quelque chose d'extraordinaire, dit à voix basse l'une des vieilles dames dont nous avons parlé et qui observait tout avec la plus grande attention; voici maintenant mademoiselle de Montreville qui fait froide mine à l'ambassadeur, le meilleur ami du prince... Ce mariage ne se fera pas de si tôt, vous le verrez !

CHAPITRE XXII.

XXII

La curiosité des observatrices, qui, soit dit
en passant, étaient trois nobles dévotes de
Saint-Thomas d'Aquin, trouva un nouvel
aliment. On venait d'annoncer M. et madame
de Salviac; Hermance tressaillit, et, sans

écouter le diplomate qui lui débitait un ma-
drigal dans le goût germanique, elle se
tourna vers la porte. Malheureusement la
foule était telle de ce côté qu'elle n'aperçut
pas d'abord ce qu'elle cherchait, et son
anxiété s'accrut encore. Enfin le flot brillant
des invités s'entr'ouvrit et M. de Montreville
parut donnant la main à madame de Salviac.

La femme de l'artiste avait cette robe de
velours bleu dont nous connaissons l'histoire ; mais les rubans pareils, que l'aimable
coquette avait dû mettre dans ses cheveux,
étaient remplacés par une superbe aigrette
en diamants du plus bel effet, et cette parure
précieuse ne semblait pas peu la rendre fière.
Mais ce n'était ni Cécile, ni sa robe, ni ses

diamants qui occupaient l'impatience d'Hermance ; elle se leva tout à fait pour reconnaître d'autres personnes qui s'avançaient
derrière ce groupe, et elle aperçut Salviac en
costume de cour, et décoré de tous ses ordres,
donnant la main à une belle jeune fille toute
vêtue de blanc comme elle, mais plus grande,
plus noble, plus élancée. Soit embarras de
se voir l'objet de l'attention générale, elle
baissait les yeux vers la terre, et une légère
rougeur colorait son visage. Étourdie de ce
bruit, de cet éclat, de ces lumières, elle se
laissait conduire par son cavalier qui lui
adressait tout bas en souriant quelques paroles rassurantes ; mais, dans son trouble, sa
démarche n'avait pas perdu sa dignité grave
et pensive ; tout ce luxe qui l'entourait semblait l'étonner, mais non pas l'éblouir. Cette

jeune fille au port de reine était Elisa Bambriquet.

En l'apercevant, mademoiselle de Montreville ne put contenir sa joie. Sans égard pour
l'étiquette, et sans tenir compte des regards
de son père qui présentait en ce moment
madame de Salviac à la comtesse, elle courut avec pétulance au-devant de son amie.
Élisa, tout émue, savait à peine où elle était,
quand la main d'Hermance s'empara de la
sienne avec vivacité.

— Te voilà donc enfin, mon ange ! dit-
elle d'une voix caressante en l'embrassant.
Mon Dieu ! que tu es donc gentille d'être venue !... Vraiment, madame de Salviac, vous
vous seriez fait une ennemie de moi si vous
n'aviez pas tenu votre promesse ! Que tu es

bonne, que tu es charmante! et moi qui t'accusais...

En parlant ainsi, l'enfant gâtée entraînait sa compagne vers un fauteuil qui touchait le sien, et qu'une dame complaisante venait de quitter, sans laisser à la pauvre Élisa le temps de se reconnaître et de prononcer une parole. Tous les regards étaient fixés sur elle, et son embarras augmentait d'autant. Hermance remarqua enfin dans quelle fausse position elle avait mis son amie.

— Maman et vous, mon père, excusez-moi, dit-elle avec une adorable naïveté qui faisait oublier ses étourderies; mais j'étais si contente de voir ma chère Élisa que j'ai voulu la garder pour moi seule... C'est mon amie de couvent, monsieur le baron, dit-elle avec une vivacité mutine en se tournant vers

l'ambassadeur ; nous étions comme deux
sœurs.

L'ambassadeur et le comte s'inclinèrent.
Madame de Montreville adressa à l'ancienne
compagne de sa fille quelques paroles affec-
tueuses ; des arrivants vinrent faire diversion,
et les deux jeunes filles purent enfin causer
entre elles et s'isoler au milieu de la foule.

— Qu'est-ce que ce peut être que cette petite fille qui vient d'entrer ? demanda d'un
ton dédaigneux une des vieilles qui n'avaient
pu entendre cette conversation de l'autre côté
du cercle.

— Ce ne peut pas être quelqu'un de très-
comme il faut, répliqua une autre ; n'est-ce
pas ce monsieur qui fait des statues qui l'a
amenée ici ?

— Vous avez tort de parler sur ce ton de

M. de Salviac, madame la marquise ; quoiqu'il ait, dit-on, du mérite comme sculpteur,
il est de bonne famille, et cela efface tout.
Quant aux diamants de sa femme, je ne m'explique pas... la femme d'un artiste ! Mais je
ne veux rien dire de plus; il ne faut pas médire, et vous me comprenez; ensuite on fait
si bien le faux aujourd'hui !

Pendant ce dialogue, qu'il n'entendit pas
et dont il se serait du reste fort peu soucié,
Salviac avait conduit sa femme au siége le
plus voisin, et était resté debout, à quelques
pas des deux jeunes filles, épiant l'occasion de
s'approcher d'elles. Hermance parlait à son
amie avec une volubilité enfantine; mais à
tout ce joli caquetage Élisa ne répondait que
par un sourire mélancolique.

L'artiste profita du moment où mademoiselle de Montreville adressait une question à sa mère, qui était placée à sa droite, et il se glissa vers Élisa.

— De grâce, mademoiselle, lui dit-il à l'oreille avec un accent affectueux, reprenez courage ; oubliez ce qui s'est passé chez vous ce soir... Votre père, malgré ses travers, est homme de bon sens, et il ne s'engagera dans aucune fausse démarche... Un peu de patience, je réponds de tout.

La fille du chiffonnier le remercia d'un regard triste et plein de résignation. L'artiste salua et se perdit dans la foule.

En ce moment Hermance se retourna vers sa compagne :

— Tu n'as pas oublié, lui dit-elle avec sa volubilité enfantine, que j'ai compté sur toi pour chanter avec moi notre duo favori, ce-

lui que nous exécutions si bien à la pension...
M. Bernard, notre accompagnateur, est ici...
Nous savons notre partie parfaitement l'une
et l'autre, ça sera charmant !

— Tu veux que je chante ! demanda Élisa
avec une sorte d'effroi, ici, devant tout ce
monde ?

— Et pourquoi non, ma chère ?

— Hermance! Hermance ! je t'en supplie,
n'exige pas cela de moi... Pas ce soir, une
autre fois... Si tu savais ! mon cœur est dé-
chiré. Avant de venir ici j'ai eu beaucoup à
souffrir, j'ai longtemps pleuré, et ma voix est
si affaiblie que je ne saurais fournir un son.
Oh ! non, non ! ma bonne Hermance, je t'en
prie, n'exige pas que je chante.

La noble demoiselle prit un air piqué et
mécontent.

— Tu es bien la maîtresse, dit-elle en pinçant les lèvres, mais je te croyais plus complaisante que cela... Allons, il suffit, je ne chanterai pas, car tu sais bien que je n'ai de voix qu'avec toi... J'avais compté sur ton amitié, mais du moment que tu es triste et que tu crains de te fatiguer, n'en parlons plus, ma chère amie !

Elle prononça ces mots, *ma chère amie*, avec une intonation qui leur donnait un sens entièrement opposé au sens littéral, et elle se retourna un peu d'un air de mécontentement. Élisa sortit de son abattement et fixa sur elle un regard long et pénétrant. La pauvre fille venait de reconnaître la véritable cause des instances d'Hermance pour la faire venir à cette fête, des caresses qu'elle avait attribuées à la seule amitié. Sa noble compagne avait besoin d'elle pour briller avec tous ses avantages, et c'était pour cela seulement peut-être qu'elle se trouvait, elle obscure plébéienne, dans ce salon brillant, au milieu de tant de personnages illustres. En acquérant cette certitude son cœur se serra et elle eut peine à retenir ses larmes.

— Hermance, dit-elle enfin d'un ton profondément triste, tu as raison ; je n'ai pas le droit de te refuser... Je ferai tout ce qui pourra t'être agréable.

— A la bonne heure donc ! répliqua l'égoïste jeune fille, se méprenant sciemment peut-être sur la portée du sacrifice qu'elle imposait ; je reconnais ma bonne amie... Tu es un ange, et nous aurons le plus grand succès.

De ce moment Hermance redevint charmante et accabla sa compagne d'attentions et de prévenances. Pendant qu'elles causaient ainsi à voix basse, on annonça le prince Alfred de Z...

— Enfin ! dit mademoiselle de Montreville, dont l'œil s'anima.

Pour Élisa, elle resta calme et pensive. Ce nom sonore ne lui rappelait que vaguement un débiteur de son père.

CHAPITRE XXIII.

XXIII

Lorsqu'on annonça le prince il se fit un mouvement général parmi les assistants : on chuchota, et tous les regards se portèrent spontanément vers l'entrée principale. La foule, qui était compacte et animée de ce côté, s'entr'ouvrit respectueusement pour laisser passer le personnage que le lecteur a connu sous le nom de Moreau, et qui s'avançait à petits pas vers la maîtresse de la maison, en causant amicalement avec le vieux comte de Montreville.

Un changement merveilleux s'était opéré dans toute sa personne, et il eût été impossible de deviner en lui, sans avoir été prévenu, le mystérieux locataire de Bambriquet. Débarrassé de la grande redingote bleue et de tout le costume lourd et commun qui lui servait de déguisement, il présentait l'apparence d'un homme jeune encore, aux proportions mâles, aux traits doux et fiers à la fois. Il avait fait disparaître les gros favoris qui le défiguraient chez Bambriquet, et il n'avait conservé de sa barbe qu'une petite mousta-

che noire qui rajeunissait encore sa physionomie. Il était en habit de bal, et il ne portait
d'autre marque de distinction que la rosette
de la Légion d'honneur, obtenue quand il
était colonel de la garde sous la restauration.
Mais ce qui le faisait surtout remarquer, c'é-
taient cet air de dignité, ces manières graves et
nobles dont il n'avait pas même pu se défaire
lorsqu'il voulait passer pour un petit bourgeois du quartier Saint-Jacques. Il était distrait et abattu ; cependant il souriait en ré-
pondant au comte qui lui adressait les
compliments les plus affectueux et les plus
empressés, et il saluait d'un signe gracieux
quelques-uns des invités qui se pressaient sur
son passage et qui semblaient tous fiers de
cette faveur.

Mademoiselle de Montreville, en voyant le

prince s'approcher, avait interrompu son ba-
bil et s'était redressée en jetant un rapide
regard sur sa toilette. Élisa, sans connaître
la cause du répit que lui laissait sa tyrannique compagne, en profita pour recueillir ses
idées et calmer un peu l'agitation fébrile
dont elle avait été saisie dès le commencement de la soirée. Rêveuse, et les yeux bais-
sés, elle rassemblait son courage pour se
fortifier contre les épreuves qu'elle avait déjà
subies, contre celles que peut-être elle allait
subir encore. Dans sa méditation, elle avait
oublié le bal, le bruit et l'éclat de l'assemblée; elle essayait à force de volonté de s'é-
lever au-dessus de toutes ses faiblesses, de toutes ses terreurs, de tous ses souvenirs.

Le prince vint s'incliner respectueusement devant la comtesse; mais avant qu'il

eût pu lui adresser la parole, Hermance s'é-
cria avec sa joyeuse étourderie ordinaire :

— C'est bien mal, monsieur de Z..., d'arriver si tard ; vous avez donc oublié que je
dois ouvrir le concert en chantant un duo
avec l'une de mes bonnes amies? En vérité,
pour vous punir de votre peu d'empressement, nous aurions dû commencer sans
vous.

— C'eût été me punir trop sévèrement,
mademoiselle, d'un retard qui peut-être...

Il s'arrêta tout à coup. Malgré son pouvoir
sur lui-même, il resta muet, bouche béante,
les yeux attachés sur Élisa qui tenait les siens
vers la terre.

— Petite folle! dit le comte de Montreville
à sa fille en souriant, prétendez-vous sou-
mettre le prince à vos caprices, comme vous

nous y soumettez, la comtesse et moi ? Depuis longtemps, mademoiselle, il n'y a plus de gouvernement absolu en France.

— Eh bien, comme vous, mon excellent père, répliqua l'espiègle avec malice, je puis désirer de le voir revenir.

Pendant cette petite conversation, oiseuse en apparence, le mutisme et l'attitude du prince semblaient inexplicables à ceux qui connaissaient sa convenance parfaite et son grand usage du monde. Il était pâle et déconcerté ; Hermance seule ne remarqua pas son malaise.

— D'ailleurs, continua-t-elle d'un ton enjoué, j'eusse été désolée que M. de Z... qui est grand amateur de chant, n'entendît pas ma chère Élisa... Ah ! par exemple, ajouta-t-elle en se tournant vers sa compagne,

je le préviens que M. le prince est difficile ;
mais nous nous surpasserons.

Jusque-là ce babillage n'avait été pour
Élisa qu'une sorte de bourdonnement qui
frappait son oreille sans arriver à son intelligence ; mais, en s'entendant interpeller directement, elle sortit de ses réflexions, et,
levant modestement la tête, son regard ren-
contra celui du prince.

Elle tressaillit et retint un cri avec peine ;
puis ses yeux se baissèrent de nouveau et elle
murmura d'une voix étouffée :

— Prince !... lui ?

Cette surprise, quoique promptement dis-
simulée, n'échappa à personne ; Hermance
elle-même comprit qu'il se passait quelque
chose d'extraordinaire.

— Eh ! mais, ma chère, demanda-t-elle

avec étonnement, connaîtriez-vous M. de Z...,
par hasard?

— Non, non, balbutia la jeune fille; je
me suis trompée... c'est impossible!

Alfred était non moins troublé qu'elle.

— Mademoiselle aura été induite en erreur par quelque ressemblance, dit-il à
demi-voix; mais si elle peut oublier, elle ne
peut pas être aussi facilement oubliée.

Puis, craignant sans doute d'en trop dire,
il salua d'un air mélancolique et il alla se
mêler aux groupes qui remplissaient les salons.

A peine se fut-il éloigné, qu'Hermance
accabla son amie de questions au sujet de
l'émotion singulière qu'elle venait de montrer à la vue du prince. Élisa, bien qu'il ne
lui restât aucun doute sur l'identité du grand

seigneur avec le sauvage locataire de son
père, profita de l'explication que le prince
avait donnée lui-même, et affirma avec embarras qu'une ressemblance frappante entre
M. de Z... et une personne de sa maison avait
été cause de son erreur. Heureusement mademoiselle de Montreville, ne comprenant
pas quels rapports auraient pu exister entre
la fille du chiffonnier Bambriquet et l'illustre
rejeton d'une grande famille, n'insista pas
sur ce sujet ; quelques instants après elle ne
songeait plus à cet incident et elle avait repris
toute sa gaieté.

Les paroles du prince n'avaient pu être entendues que d'un très-petit nombre de personnes ; cependant on avait remarqué l'espèce de gêne qui avait présidé à ce rapide
entretien des principaux personnages de l'as-

semblée, et, dans un monde pour qui les plus
petits événements avaient une signification, il
n'en fallait pas davantage pour baser les plus
hardies conjectures.

— Voyez-vous, mesdames, disait d'un air
confidentiel la plus laide des trois vieilles qui
meublaient un coin du salon, ce mariage-là
ne se fera pas de sitôt, c'est moi qui vous le
dis. Le prince n'a pas l'air très-empressé auprès d'Hermance ; il l'a à peine regardée, et
il m'a paru qu'il faisait beaucoup plus attention à cette personne en blanc qui est à
côté d'elle... C'est une affaire manquée,
soyez-en sûres... Mais je ne m'en suis pas
mêlée, et tout est pour le mieux.

— Vraiment il y a du louche dans tout
ceci, reprit une autre d'un ton mielleux, et
j'en suis fâchée pour la paroisse... Le prince

est généreux, et il eût fait une belle offrande après la cérémonie. Ce pauvre monsieur le curé va être désolé.

— Le prince ne serait pas embarrassé de trouver mieux que cette petite fille, dit la troisième, qu'à son rouge, à ses diamants et à sa parure extravagante, on reconnaissait pour une femme à prétentions ; si, comme on le croit, ses affaires sont un peu dérangées, il lui serait facile de s'allier à une femme d'aussi bonne maison que la sienne, et dont la fortune...

— Une femme qui aurait hérité de la fortune de trois maris, par exemple, insinua la dévote d'un ton patelin.

La coquette surannée lui lança un regard furibond, l'autre riposta par un sourire qui

valait le regard, et la conversation continua
d'un ton bas et animé.

Cependant le prince avait disparu, et plusieurs des assistants l'avaient cherché vainement depuis le moment où il avait quitté les
dames de Montreville. Mais Salviac l'avait
suivi des yeux, et il ne tarda pas à le rejoin-
dre dans un salon latéral où étaient dressées
quelques tables de jeu déjà entourées de
joueurs. Dans cette pièce isolée où personne
ne faisait attention à lui, Alfred, à demi
caché par les rideaux de velours qui re-
couvraient l'embrasure d'une fenêtre, tenait ses regards obstinément attachés vers
le grand salon dont la porte était ouverte.
C'était Élisa qu'il regardait à cette distance,
au milieu de ce monde éblouissant d'or
et de lumières, et telle était sa préoccu-

pation qu'il ne vit pas l'artiste s'approcher de lui.

Une main gantée chercha la sienne et la serra affectueusement.

—Prince, lui dit Salviac avec un accent de reproche, je vous avais prévenu qu'*elle* devait se trouver ici... il eût été plus sage peut-être de n'y pas venir.

— Vous avez raison, Salviac, répliqua M. de Z... d'un air sombre et désespéré; mais la force m'a manqué ce soir... Je voulais écrire, m'excuser, imaginer un prétexte; quelque chose de plus puissant que ma volonté m'a entraîné ici : qui cherche le danger y succombera, je le sais; eh bien, que j'y succombe, c'est la fatalité !

L'artiste fut effrayé de cette exclamation

d'un homme si grave d'ordinaire et si maître de lui-même.

— Pour Dieu! prince, reprit-il d'un ton suppliant, ne vous abandonnez pas vous-même et ne vous laissez pas aller aux suggestions de cette passion insensée... Votre conduite de tout à l'heure n'a pas manqué d'exciter l'étonnement, et aux termes où vous en êtes avec la famille de Montreville...

— La famille de Montreville! Que voulez-vous dire?

— Mais le bruit des salons est qu'il existe des projets de mariage entre vous et mademoiselle Hermance, et l'on affirmait que ce soir même...

Alfred l'interrompit par un geste dédaigneux.

— Puis-je empêcher les sots et les oisifs de forger des fables à plaisir ?

— Prenez garde, car, si je ne me trompe, l'erreur des oisifs pourrait être partagée par les maîtres de la maison eux-mêmes, et peut-être quelque parole inconsidérée dont vous n'avez pas conservé le souvenir a donné lieu à ces bruits.

Le prince parut réfléchir.

— Je vous dirai toute la vérité, reprit-il. L'année dernière, lorsque mademoiselle Hermance était encore au couvent et que je l'avais à peine entrevue, je reçus certaines ouvertures de mon vieil ami le comte de Montreville, au sujet d'une alliance entre nos deux familles. Je ne repoussai pas cette honorable proposition, mais je ne pris aucun engagement : Her-

mance n'était encore qu'une enfant, et il fut
convenu que nous attendrions une année de
plus pour causer de ce projet. Voilà tout ce
qui s'est passé entre nous à cet égard.

Depuis mon retour je n'ai rien fait, je n'ai
rien dit qui puisse donner à penser que je me regarde comme engagé. Cette Hermance, vaine
et frivole, ne saurait soutenir la comparaison
avec... Tenez, continua-t-il avec passion en
désignant par un geste rapide mademoiselle
de Montreville et Élisa, assises côte à côte
dans la pièce voisine, regardez ces deux jeunes filles, l'une sémillante et coquette, égoïste
et légère; l'autre grave et pensive, noble et
imposante, et dites-moi si le sort ne s'est pas
trompé en les faisant naître dans des conditions si différentes? Dites-moi laquelle vous
semblerait le plus digne de porter un beau

nom et une couronne , laquelle vous semblerait le plus digne d'être aimée?

Salviac regarda autour de lui d'un air in-
quiet, comme s'il craignait que d'autres personnes entendissent les paroles d'Alfred.

CHAPITRE XXIV.

XXIV

— De grâce, mon noble ami, laissez de
pareilles idées ! reprit Salviac avec chaleur ;
songez qui vous êtes, songez où vous êtes !
Sachez vous contenir encore quelques instants ; montrez-vous dans le bal, afin qu'on

ne soupçonne rien ; puis, si vous ne pouvez cacher le désordre de vos pensées, vous vous retirerez sans bruit... Prince, je ne vous reconnais plus, et vous êtes devenu plus faible qu'un enfant !

Alfred releva la tête et parut s'éveiller d'un songe.

— Oui, oui, c'est juste, dit-il avec une profonde tristesse ; vous êtes mon ami, Salviac, et je vous remercie... En effet, je n'ai plus ni force ni courage, je ne lutte plus, je ne sais où je suis, je perds la raison, je deviens fou.

Une espèce d'agitation se manifesta dans le salon ; on vit les invités occuper précipitamment les siéges dans le voisinage du piano, et tout annonçait que l'on allait faire de la musique.

— Les jeunes demoiselles vont chanter leur duo, dit l'artiste qui sentait que, dans ce moment d'atonie morale, le prince avait besoin qu'on lui conseillât ses plus simples démarches : profitez de l'occasion pour effacer la froideur que vous avez montrée à mademoiselle de Montreville, froideur que tout le monde a remarquée ; allez lui offrir la main pour la conduire au piano ; cette attention fera cesser bien des sots propos.

— Eh bien, je me rends à votre avis, dit le prince avec une docilité d'enfant ; vous me rappelez aux devoirs de la plus simple politesse : j'y vais ; à bientôt.

En même temps il s'élança vers la porte du grand salon, et, refoulant ceux qui se trouvaient sur son passage, il disparut aux yeux de Salviac. Celui-ci, enchanté du succès

qu'il avait obtenu sur cette âme énergique,
devenue si faible et si chancelante par suite
d'une longue lutte avec une passion violente,
essaya de le suivre; mais, moins impétueux
qu'Alfred, il ne put fendre la foule, et il fut
forcé de rester près de la porte.

Alors, se soulevant sur la pointe du pied,
il voulut voir du moins si le prince avait pu
remplir sa mission. Deux couples s'avançaient lentement à travers les flots pressés
des spectateurs, et étaient l'objet de tous les
regards; mais, à son grand étonnement, c'é-
tait l'ambassadeur qui donnait la main à
mademoiselle de Montreville; le prince conduisait Élisa.

L'artiste ne put s'assurer si le choix d'Alfred avait été volontaire; mais il remarqua
qu'il était très-pâle et que la jeune fille elle-

même semblait fort agitée. Cependant ils
n'échangeaient pas une parole, tandis que
l'ambassadeur, au contraire, croyait devoir
développer toutes les ressources de son ama-
bilité diplomatique avec Hermance qui riait
aux éclats.

— Tout cela finira mal, pensa l'artiste,
de par tous les diables! je ne croyais pas
qu'il fût si difficile d'empêcher un homme
d'esprit de faire des sottises.

Un brillant prélude se fit entendre, et le
silence s'établit tout à coup dans l'assemblée.
Un instrumentiste distingué était au piano;
derrière lui les jeunes filles, debout et les
yeux fixés sur le pupitre, attendaient le signal.
Hermance était toujours fière et souriante,
persuadée que, dans le salon de son père et
entourée des amis de sa famille, elle ne pou-

vait mal faire. Élisa, au contraire, semblait épouvantée de son isolement; une fois elle promena son regard voilé autour d'elle, et elle se sentit prise d'une sorte de vertige : elle chancela, et sa main chercha le montant doré d'un fauteuil qui se trouvait près d'elle.

Salviac, en voyant la pauvre enfant sur le point de défaillir, eût bien voulu se trouver près d'elle pour l'encourager, ne fût-ce que d'une parole, d'un geste; mais un décuple rang de spectateurs se trouvait entre elle et lui. Il savait mieux que personne de quelles tristes et cruelles réflexions elle était poursuivie, et cette émotion devait nécessairement nuire à ses moyens. L'auditoire, outre les gens du grand monde, se composait encore de ce que Paris contenait de plus célèbre en

chanteurs et en instrumentistes ; une pareille
assemblée ne devait pas être indulgente pour
une jeune fille inconnue, sans appui, et qui,
la mort dans le cœur, allait tenter de captiver
ses suffrages. L'artiste trembla pour sa protégée, et au milieu de son anxiété le morceau
commença.

Ses craintes étaient vaines, et ce qui devait perdre Élisa fut précisément ce qui
causa son succès. Toutes ses facultés, mises
en jeu par une souffrance secrète, se fondirent
dans une commune expression ; sa pauvre
âme, douloureusement comprimée au fond
d'elle-même, rejaillit en notes vibrantes,
mélodieuses, pleines d'énergie. Dès les premiers sons, un frémissement d'admiration
courut dans la foule, puis il s'éteignit pour
faire place à une attention religieuse. Bien-

tôt des bravos se firent entendre, arrachés
par l'enthousiasme. Hermance avait une
voix agréable et fraîche, et elle chanta avec
un goût bien supérieur à ce qu'on devait attendre d'une pensionnaire ; mais, malgré
la prévention favorable des auditeurs pour
elle, elle était écrasée par sa rivale. Ce fut
surtout dans la partie d'ensemble que cette
supériorité d'Élisa devint frappante ; bien
qu'elle contînt généreusement son magnifique organe, le mince filet de voix de mademoiselle de Montreville était presque
étouffé sous les puissantes harmonies de son
gosier de rossignol. Le morceau s'acheva au
milieu des applaudissements frénétiques de
toute l'assemblée.

Hermance ne se fit pas illusion sur la part
qui lui revenait dans ce succès : il était dû

tout entier à sa compagne, bien que les félicitations s'adressassent particulièrement à elle.
Un violent dépit se peignit sur son visage, et
pendant que la salle entière retentissait
de toutes les formules d'admiration, elle se
tourna vers Élisa et elle lui dit assez haut
d'un ton d'ironie :

— Vraiment, ma chère, tu t'es surpassée !
je ne te connaissais pas cette voix qui pourrait lutter avec les orgues d'une cathédrale...
je ne suis plus de force à chanter avec toi,
et j'y renonce pour l'avenir.

Élisa lui jeta un regard de douloureuse
surprise ; le charmant coloris qu'elle devait
à l'inspiration musicale, l'orgueil et la joie
que lui inspirait ce triomphe dans une telle
assemblée, s'effacèrent tout à coup de son
visage, et une larme brilla dans son œil noir.

Elle voulut parler, Hermance lui tourna le dos et tendit sa main à l'ambassadeur qui devait la reconduire à sa place.

Les applaudissements continuaient de tous côtés, mais les intimes, et ceux qui se piquaient de discernement, s'abstinrent bientôt d'y prendre part. On avait promptement remarqué le mécontentement d'Hermance, qui recevait les félicitations d'un air boudeur et contraint dont il n'était pas difficile de pénétrer la cause ; aussi les plus sages ne firent-ils aucune démonstration, afin de ne pas blesser la fille unique des maîtres du logis, et parmi ceux qui se pressaient autour des jeunes demoiselles pour leur offrir l'hommage de leur admiration, on ne remarquait aucun de ceux qui passaient pour les familiers de l'hôtel de Montreville.

Hermance entraîna son noble cavalier et
se mit à marcher d'un pas rapide, comme
pour échapper à l'attention de l'assemblée;
elle ne jeta même pas un regard en arrière
sur Élisa, encore stupéfaite de ce qui venait
d'arriver, et mademoiselle Bambriquet resta
seule et debout pendant quelques secondes
au milieu du salon. Cet isolement donna à
un jeune homme qui se tenait près du piano
la pensée d'offrir sa main à la pauvre enfant.
Celle-ci, éperdue, sachant à peine ce qu'elle
faisait, allait sans doute accepter cette offre,
quand quelqu'un se jeta brusquement entre
elle et l'étranger : c'était le prince qui sortait
d'un angle du salon où il s'était tenu pendant le duo. Il s'empara de la main d'Élisa,
sans même s'excuser de sa vivacité auprès
de l'autre cavalier, et il la conduisit vers la

place qu'elle occupait un peu auparavant.

Cette impétuosité, si en dehors des habitudes aristocratiques de M. de Z..., ne manqua pas d'être remarquée. On suivit des yeux, avec curiosité, ce couple qui traversait la partie du salon laissée vide pour le concert; mais lorsqu'il arriva à l'extrémité du cercle, la fière Hermance trouva moyen de manifester sa colère par une circonstance qu'on pouvait attribuer à l'étourderie, mais qui était évidemment calculée. Elle avait fait asseoir près d'elle une autre dame, en sorte qu'il n'y avait plus de place à ses côtés. Force fut donc au prince et à sa timide compagne de chercher du regard un siége vacant dans quelque autre partie du salon. La foule était si grande qu'il n'y avait pas un fauteuil d'inoccupé, et peut-être Élisa serait-elle restée longtemps dans cette position humiliante, si madame de Salviac ne lui eût montré un espace vide sur la banquette qu'elle occupait elle-même au dernier rang. La jeune fille s'y réfugia comme dans un port et elle se laissa tomber mourante auprès de son amie.

CHAPITRE XXV.

XXV

Un morceau chanté par les artistes ita-
liens les plus célèbres vint faire diversion à
l'enthousiasme qu'avaient excité les deux
jeunes filles. Le silence s'était rétabli, et les
regards se portaient de nouveau du côté du

piano. Élisa put enfin respirer, et il était temps, car ses forces étaient épuisées. La voix si connue et si affectueuse de madame de Salviac, en murmurant à ses oreilles des encouragements et des félicitations, ramena un peu de calme dans son âme. Bientôt elle respira plus librement et elle put remercier son amie par un sourire.

Le prince avait disparu de nouveau, mais Élisa avait deviné qu'il ne pouvait être loin. Derrière la banquette où elle avait trouvé place plusieurs siéges étaient posés en désordre, et beaucoup d'hommes, les uns debout, les autres assis, remplissaient cette partie de la salle. Elle ne se retourna pas, elle ne fit pas un mouvement pour satisfaire sa curiosité, mais son instinct de femme l'avertit que le prince étai

auprès d'elle. En effet, au moment où l'attention générale était captivée par les chanteurs, mademoiselle Bambriquet sentit une
haleine brûlante sur son épaule nue, et l'on
murmura d'une voix basse et entrecoupée
près de son oreille :

— Élisa... Élisa, pourrez-vous jamais
me pardonner ce qui s'est passé le soir où je
vous ai vue pour la dernière fois ?

La jeune fille tressaillit légèrement et rougit à ce souvenir.

— Silence, de grâce! soupira-t-elle en
se retournant à moitié, on pourrait vous entendre !

— Ne craignez rien, personne ne nous
observe... d'ailleurs ce que j'ai à vous dire
est grave et les moments sont précieux...

— Monsieur le prince, je vous en supplie...

— Non, non, il faut que vous m'écoutiez,
reprit-il en s'assurant que tous les assistants,
même Cécile, se livraient exclusivement au
charme de l'harmonie; cette soirée comptera
dans mon existence et peut-être dans la vô-
tre... Élisa, depuis que je vous ai quittée mes
idées ont pris un cours nouveau, et ce qui
me semblait un abîme sans fond il y a quelques jours, ne me paraît plus qu'un obstacle
ordinaire. Ce soir, en vous voyant si belle et
si digne de toutes les grandeurs, j'ai résolu
que cet obstacle ne m'arrêterait pas...

Mademoiselle Bambriquet jeta sur lui un
regard furtif et timide.

— Je ne vous comprends pas, dit-elle enfin avec émotion; j'ai pu un moment accep-

ter les hommages de M. Moreau, ce locataire
de mon père dont je supposais le rang à peine
supérieur au mien, mais je sais trop quelle
distance il y a entre moi et le prince de Z...

— Ne prononcez pas ce nom qui fait mon
supplice, répondit précipitamment le prince;
je me suis déjà trop soumis à ses exigences
tyranniques; je suis las de souffrir à cause de
lui... Écoutez, je vous aime; je ne suis plus
de cet âge où la passion est d'autant plus pas-
sagère qu'elle est plus vive, et ce n'est pas
une vaine parole quand je vous dis que cet
amour ne cessera qu'avec ma vie. Une inégalité de rang nous sépare : cette inégalité
n'existe plus dans nos mœurs, je le sais, mais
elle existe dans mes souvenirs, dans mes
préjugés peut-être ; je suis prêt à la fouler
aux pieds, mais il faut que vous m'aidiez...

m'aimerez-vous assez pour me faire aussi quelques sacrifices ?

Élisa resta un moment sans répondre.

— Prince, dit-elle enfin avec effort, rompons cet entretien ; un sentiment d'exaltation vous égare, et demain peut-être le repentir....

— Jamais je ne fus plus calme et plus sûr de moi-même ; l'hésitation rend faible, mais la décision donne de l'énergie. Élisa, ce mariage ne saurait s'accomplir ouvertement ; ces gens qui nous entourent ne me pardonneraient pas, et peut-être auraient-ils raison. Nous irons en Allemagne, en Italie... Les débris de ma fortune suffiront, et au delà, à des désirs bornés, à des habitudes modestes ; je vous entourerai d'égards et de respects. Mais, à votre tour, il faudra renoncer à la

France, à votre famille, et surtout... surtout
à votre père.

Tous les deux parlaient si bas qu'ils devinaient plutôt qu'ils ne comprenaient réci-
proquement leurs paroles. Élisa, en entendant
le prince lui dérouler avec tant d'assurance
ses projets d'avenir, était d'abord éblouie; jamais, dans ses rêves de jeune fille, elle n'a-
vait osé porter si haut son orgueil, et le sentiment secret qu'elle nourrissait pour le
prince ne faisait que rendre ces visions plus
séduisantes. Mais les conditions auxquelles
Alfred mettait la réalisation de ses projets
refoulèrent ces sentiments de fierté et de joie.
Elle se retourna lentement vers lui et le regarda en face :

— M'estimez-vous assez peu, dit-elle avec
dignité, pour croire que je voudrais acheter

par de pareils sacrifices non-seulement le titre
de princesse, mais encore une couronne de
reine?

Ce fut le tour de M. de Z... d'être violem-
ment blessé dans son amour-propre.

— Que voulez-vous donc? demanda-t-il
avec moins de précaution qu'auparavant.
Faudra-t-il que j'avoue aux yeux du monde
un homme que vous-même...

Il s'arrêta brusquement et se mordit les
lèvres. Bien qu'il eût parlé à voix basse, son
accent passionné et le mouvement qu'il venait de faire avaient attiré sur lui l'attention.
Des chut! répétés se firent entendre dans diverses parties de la salle. Cécile se retourna,
et en voyant le prince si près de son amie,
elle soupçonna une partie de la vérité; mais
Alfred ne s'aperçut même pas de sa présence:

il s'était rejeté en arrière et semblait réfléchir profondément. Pour Élisa, elle restait morne et immobile, les yeux tournés vers les chanteurs, et n'eût été la légère oppression de sa poitrine et de l'éclat particulier de son regard, on n'eût pu croire qu'il s'agissait pour elle d'un si grand intérêt.

Au bout de quelques minutes elle sentit que le prince se penchait encore à son oreille :

—Élisa, murmura-t-il doucement, m'entendez-vous ?

Elle exprima par un léger mouvement d'épaules qu'elle écoutait.

— Élisa, reprit-il, d'un ton profondément altéré, je n'ai plus la force de vous demander rien qui puisse vous coûter un regret... Afin de vous obtenir, je renierais jusqu'au nom de mon père... Soyez généreuse avec moi, car pour un regard de vous, je renoncerais à tout ce qui a fait l'orgueil de ma vie passée.

Cette fois, Élisa ne put rester insensible à un abandon si franc, si douloureux, si complet. Elle se retourna vivement, ses yeux étaient humides, et elle ouvrait déjà la bouche pour exprimer au prince combien elle appréciait une pareille abnégation, lorsque tout à coup une grande rumeur s'éleva dans l'antichambre où se tenaient les valets ; on eût dit d'une violente dispute ; des voix bruyantes et irritées se faisaient entendre au-dessus des chants et de la musique.

Un vif étonnement se manifesta dans l'assemblée ; tous les regards se tournèrent vers la porte. Quelques personnes se levèrent, et

M. de Montreville chercha à se dégager du milieu de la foule pour aller imposer silence à la valetaille; mais, avant qu'il y fût parvenu, le bruit devint plus fort, plus rapproché; bientôt même il se fit entendre à l'extrémité du salon, quoique la foule empêchât encore de voir de quoi il s'agissait.

Au premier bruit, Élisa avait pâli. Le prince, que rien ne pouvait distraire de la pensée qui l'occupait, lui parlait toujours; mais elle ne lui répondait plus, elle ne le voyait plus, elle ne l'entendait plus : elle attendait en tremblant ce qui allait se passer.

Les artistes, impatientés par ce bruit importun, se turent tout à coup et au milieu du silence général causé par la stupeur, on put distinguer ces paroles jetées au milieu d'une lutte vive et acharnée :

— Laissez-moi, tas de brigands, d'assas-
sins, de polissons !... Ne portez pas la main
sur moi, coquins !... Nous verrons bien si
vous aurez le droit d'insulter une honnête
dame qui vaut mieux cent fois que toutes vos
bégueules en falbalas !

Plusieurs personnes parlèrent à la fois
d'un ton bas et animé.

— Je ne sortirai pas, s'écria la même voix
avec fureur ; je ne souffrirai pas qu'on me
chasse comme ça sans emmener ma fille avec
moi... Ma fille est ici... Je veux qu'on me la
rende... Vos maîtres sont tous des carlistes et
des jésuites ; mais je les vaux bien, entendez-
vous ! et je ne veux pas m'en aller sans qu'on
me rende ma fille... Lisa ! appela-t-on avec
force ; Lisa !

Au même instant la foule s'entr'ouvrit, et

l'on aperçut le vieux Bambriquet, sans cravate et sans chapeau, se débattant entre deux laquais qui, dans l'incertitude de savoir ce qu'ils devaient faire, n'osaient employer toute leur force pour l'arrêter. Derrière lui, Lapiquette avec sa robe rouge et son bonnet à fleurs, les vêtements chiffonnés et les traits enluminés, parlait avec chaleur à un huissier qu'elle prenait pour le maître de la maison. Bambriquet, sans respect pour le lieu où il se trouvait, s'agitait comme un énergumène et redoublait ses cris.

— Mon Dieu! mon Dieu! dit la pauvre Élisa d'une voix déchirante en le voyant s'approcher.

Et elle tomba évanouie entre les bras de ceux qui l'entouraient.

CHAPITRE XXVI.

XXVI

.Revenons encore une fois en arrière et voyons par quel concours de circonstances Bambriquet et sa fidèle Lapiquette se trouvaient chez le comte de Montreville.

Nous savons déjà que, sur les instances

de sa fille, la comtesse était venue avec
Hermance elle-même inviter Élisa à la fête
brillante qui se préparait. Mademoiselle de
Montreville, opiniâtre comme une enfant gâtée, avait résolu de se faire entendre avec son
ancienne amie de couvent, et rien n'eût pu
la dissuader de ce projet dont elle se pro-
mettait merveilles. Aussi ce fut vainement
qu'Élisa voulut s'excuser d'assister à cette
réunion pour laquelle elle ne se sentait pas
faite ; la jeune héritière réfuta victorieuse-
ment toutes les objections, et il fut décidé
entre les dames qu'Élisa viendrait à l'hôtel
avec M. et madame de Salviac, qui se char-
geraient aussi de la ramener à son père.

Bambriquet, qui était présent à cette entrevue et que l'on avait invité pour la forme,
était ébloui par les manières imposantes de

la comtesse, par la magnifique voiture qui stationnait à la porte, par les laquais en livrée qui attendaient leurs maîtresses dans la cour, et il ne s'opposa pas à ces arrangements; bien plus, il pressa lui-même sa fille d'accepter ; et lorsque tout fut convenu, il poussa la politesse jusqu'à reconduire les dames, chapeau bas, à leur voiture, ce qui prouvait que, depuis l'arrivée d'Élisa dans la maison, l'ancien chiffonnier avait fait de remarquables progrès en galanterie.

Tout allait donc pour le mieux, et mademoiselle Bambriquet, toute fière de cette entrée dans le monde, qu'elle allait faire sous les auspices de son amie, commença immédiatement ses préparatifs de toilette pour cette soirée solennelle. Bambriquet, comme nous l'avons dit, n'était nullement

avare, quoiqu'il fût mesquin par goût et par
habitude; il voulut que sa fille n'épargnât
rien pour paraître à cette fête avec avantage,
et s'il se plaignit d'une chose, c'était qu'Élisa,
d'après les conseils de madame de Salviac,
eût fait choix d'une mise simple et de bon
goût, qui ne paraissait pas suffisamment
cossue au bourgeois enrichi.

Le jour prédestiné arriva enfin : la jeune
fille, que tous ces préparatifs avaient distraite
des fâcheuses préoccupations sous lesquelles elle se débattait depuis qu'elle avait quitté
le couvent, était presque joyeuse. Dès le
matin ses frais ajustements étaient préparés
dans sa chambrette; et dès six heures du
soir, à l'issue du dîner, elle s'enferma pour
s'habiller avec le secours de la femme de
chambre de madame de Salviac, car la

pauvre enfant savait bien qu'elle ne devait compter ni sur la complaisance ni sur l'expérience de Lapiquette en cette circonstance.

En effet, la gouvernante voyait avec dépit et jalousie les distinctions honorables dont Élisa était l'objet. Grâce à la lâche complaisance de Bambriquet, elle en était venue à se regarder comme l'égale de la fille de son maître ; et tout ce qui tendait à placer Élisa au-dessus d'elle excitait sa haine et sa colère ; les modestes préparatifs de la pauvre enfant pour cette fête avaient particulièrement exaspéré son âme basse et envieuse ; mais, depuis la terrible scène des fiançailles, que nous avons racontée, elle n'avait plus un pouvoir aussi absolu sur l'imbécile vieillard. Bambriquet, dès le lendemain, avait pris des renseignements sérieux sur les person-

nages qu'elle avait introduits chez lui, et
cette enquête ne leur avait été nullement
favorable, ce qui avait un peu ébranlé le
crédit de la gouvernante. Il était si faible et
si aveuglé en ce qui la concernait qu'elle
n'avait pas eu de peine à lui persuader
qu'elle était innocente des menées de ces
misérables, et tout avait repris dans la maison sa marche accoutumée.

Cependant, à partir de ce moment, l'ancien chiffonnier avait toujours conservé un
fonds de défiance; il avait su mieux proté-
ger sa fille que par le passé, et chaque nuit
en rentrant il avait eu soin de compter les
valeurs que contenait son bureau. De son
côté, Lapiquette avait compris le danger de
heurter son maître, tant que cette impression défavorable ne serait pas effacée; sûre

qu'avec un peu de patience et d'habileté elle parviendrait à ses fins, elle avait renoncé à ce ton despotique qu'elle avait d'abord ; elle affichait la modération évangélique et la résignation chrétienne ; elle se donnait des airs de victime, affectait de soupirer et de lever les yeux au ciel à tout propos ; enfin sa méchanceté grossière d'autrefois avait pris toutes les formes de l'hypocrisie.

Ainsi par exemple, ni ouvertement ni en secret, elle n'avait fait aucune observation à Bambriquet sur l'invitation qu'avait reçue Élisa de sa noble amie de pension ; mais chaque fois qu'il en était question en sa présence, elle devenait silencieuse et elle donnait à son visage une expression triste et contrainte, comme une personne qui gémit tout bas d'un événement contre lequel elle n'ose même pas protester. Enfin cependant, le soir dont nous parlons, au moment où Elisa s'était retirée pour faire sa toilette, la bombe éclata.

Lapiquette et Bambriquet étaient assis, de chaque côté du feu, dans le salon que nous connaissons déjà; la gouvernante tricotait son bas, et le maître s'assoupissait légèrement, comme cela lui arrivait parfois après son dîner. Un profond silence régnait depuis quelques instants, lorsque Jeanneton, laissant tomber son ouvrage sur ses genoux, dit avec un grand soupir, par forme de réflexion philosophique :

— Ah ! mon Dieu ! que c'est drôle tout de même, le monde.

Le maître ouvrit les yeux et bâilla démesurément.

— Qu'est-ce que tu penses là? demanda-t-il d'un ton distrait.

— Eh bien, me défendez-vous de penser, maintenant? Il est vrai que je suis une pauvre fille; et que je n'ai le droit ni de penser ni de parler.

— Allons, reprit le vieillard avec humeur, vas-tu recommencer tes bêtises?... Voyons, qu'est-ce que tu as sur le cœur? est-ce que tu trouves mauvais que cette petite aille chez des gens comme il faut? Il n'y a pas de mal à cela, j'espère?

— Non, sans doute, puisque vous le voulez... Et sans vous vanter, monsieur, vous devenez bien fier depuis que votre fille est ici. Fallait voir l'autre jour comme vous saluiez ces deux belles dames qui sont venues l'inviter; c'était des *madame la comtesse*

par-ci, *madame la comtesse* par-là ! vous
en aviez plein la bouche ; et ensuite, comme
vous aviez l'air glorieux de leur avoir parlé
chapeau bas ! il n'y avait plus moyen de vous
approcher.

— Eh bien, ne faut-il pas être poli ? Je
suis toujours poli, moi ; c'est dans le sang,
je ne peux pas m'en empêcher.

— Je ne dis pas, mais... Eh bien, tenez,
monsieur, s'interrompit-elle avec un accent
de franchise parfaitement jouée, je ne peux
pas y tenir plus longtemps, et je n'irai pas
par deux chemins : faites-moi le plaisir de
me dire où ça mènera votre fille de la lancer
avec des gens de si haute volée.

— Où ça la mènera ? ma foi, je n'en sais
rien.

— Eh bien, je vais vous le dire, moi ; ça

la mènera à mépriser son père, comme elle n'y est déjà que trop portée... Ça me fait de la peine de vous dire cela, mais je ne peux pas le garder plus longtemps, à cause de l'amitié que j'ai pour vous.

Quoique cette pensée fût exprimée d'un ton de candeur et d'innocence parfaites, Bambriquet n'en fut pas entièrement dupe, d'autant plus qu'elle blessait son amour-propre.

— Et pourquoi Lisa me mépriserait-elle? s'écria-t-il d'un ton rogue auquel la gouvernante n'était pas habituée; est-ce que je suis un homme dont on peut rougir? est-ce que je n'ai pas le ton et les manières de la bonne société?... Mais, tiens, vois-tu, Lapiquette, ce n'est pas tout cela; tu es jalouse de voir ma fille aller chez des gens de bonne condition, et tu voudrais encore que j'empêchasse cette pauvre petite diablesse de prendre un moment de bon temps.

La gouvernante fut d'autant plus blessée de cette supposition qu'elle était plus juste; elle se renversa dans son fauteuil et se mit à fondre en larmes.

— Suis-je assez malheureuse? dit-elle d'une voix entrecoupée de sanglots; vous ne m'aimez plus, et je ne puis plus rien dire dans votre intérêt sans essuyer quelque rebuffade! j'en mourrai de chagrin, bien sûr, et quand je n'y serai plus, vous comprendrez alors combien vous aurez été méchant envers moi; mais il ne sera plus temps.

Bambriquet fut touché de cette douleur vraie ou fausse.

—Allons, pense que je n'ai rien dit, reprit-il d'un ton plus doux; je sais bien, Jean-

neton, que tu es une bonne fille et que tu
m'es très-attachée, malgré tes étourderies....
aussi tu en seras récompensée... plus tard.
Mais, pour en revenir à Lisa, quel mal
vois-tu?...

— Quel mal je vois? interrompit Jeanneton en essuyant ses yeux; eh! croyez-vous
donc qu'il soit bien convenable de laisser aller ainsi une demoiselle avec des étrangers
dans une maison que vous ne connaissez
pas, où l'on ne vous a pas même invité?

— Oh! pour cela si, on m'a invité, ma
chère! à preuve que la grande dame a dit
à ma fille, de son air le plus gracieux en me
regardant: «Si monsieur Bambriquet ne nous
faisait pas l'honneur de venir, nous vous en-
verrions la voiture. » Tu vois donc bien que
je suis invité, quoique tu n'aies pu entendre

cela, et si je ne vais pas à ce bal, c'est que je ne veux pas... D'abord, je n'aime pas ces cohues-là ; et puis il faudrait faire un tas de politesses... D'ailleurs, j'ignorais que je serais libre ce soir.

— Allez, allez, monsieur ; dussiez-vous me tuer, ce serait être ingrate envers un si bon maître que de vous cacher ce que je pense. Je ne peux pas retenir ma langue, c'est plus fort que moi, et je ne conviendrai jamais qu'un père doive quitter sa fille comme ça... on ne laisse pas aller ainsi des jeunes personnes avec les premiers venus, lorsqu'on ne veut pas qu'elles deviennent des mauvais sujets.

Bambriquet parut ébranlé.

— Ces Salviac sont des gens comme il faut, quoiqu'ils fassent plus de dépense qu'ils ne peuvent... mais, s'il faut te l'avouer, Jeanneton, j'avais déjà pensé à ce que tu me dis là. Il est possible que ce ne soit pas très-convenable de me séparer de ma fille pour toute une soirée... Il faut te rendre justice, et quand tu as raison, j'en conviens volontiers.

— Oui ! oui! s'écria Lapiquette, encouragée par ce succès, et je vous demande un peu quel effet cela fera dans le quartier, lorsqu'on saura que la petite Bambriquet va courir les bals sans son père ; car enfin on ne pourra le cacher à madame Trichard, et elle ira conter partout que vous êtes un père négligent et dénaturé !

—C'est vrai, ça, reprit l'ancien chiffonnier d'un air d'inquiétude ; eh bien, ma chère Jeanneton, si tu étais à ma place, que ferais-tu ?

— Je n'en sais rien, mais je ne quitterais pas ma fille.

Bambriquet se gratta l'oreille d'un air d'angoisse.

— Au diable ! comment arranger cela ? murmura-t-il, je ne peux pas retirer ma parole que j'ai donnée à madame la comtesse ! D'ailleurs, j'ai fait des dépenses pour Lisa, et il faut qu'elle en profite. D'un autre côté, je ne me soucie pas d'aller faire la *belle jambe* dans ce bal ; je m'y ennuierais à mourir... Eh bien, il me vient une idée, ajouta-t-il d'un air radieux en se frappant le front ; je conduirai la petite jusqu'à la porte, et je l'attendrai dans une antichambre, dans un escalier, n'importe où ; que diable ! il y aura bien par là quelque endroit pour s'asseoir et se reposer... en même temps, je verrai passer le monde, et ça me distraira ; aussi bien, j'ai dans l'idée de donner des bals cet hiver, et je veux voir un peu ces soirées du grand genre ; ça sera une occasion, hein ? Jeanneton, en voilà une fameuse idée... comme ça on ne pourra pas dire que j'ai quitté ma fille.

Ce plan ne cadrait pas tout à fait avec les désirs de l'envieuse gouvernante qui avait espéré que Bambriquet refuserait absolument de laisser aller Élisa ; aussi dit-elle avec un accent de dépit :

— Mais vous n'avez donc pas besoin d'aller aujourd'hui où vous allez chaque soir ?

— Non, ma chère, répliqua son maître d'un air distrait ; il y a eu la nuit dernière une descente de police, et nous craignons...

Il s'arrêta brusquement ; il venait de s'apercevoir qu'il avait laissé échapper un important secret.

Une descente de police! répéta la gouvernante étonnée. Ah ça! monsieur, quelles affaires faites-vous donc?

— Chut! chut! dit Bambriquet d'un air effrayé, tais-toi, Jeanneton... la langue m'a tourné; je voulais dire... enfin je te défends de me parler de cela... Mais nous n'avons pas de temps à perdre; prépare-moi bien vite mes habits des dimanches, et je t'appellerai pour que tu me mettes ma cravate.

Lapiquette comprit qu'il serait dangereux de relever en ce moment les paroles que son maître venait de laisser tomber, et elle se promit d'approfondir plus tard le mystère

qu'elles contenaient. Elle se contenta donc
de répondre d'un air mélancolique :

— Vous allez au bal avec votre fille, et
moi, je vais m'ennuyer ici à vous attendre...
enfin que la volonté de Dieu s'accom-
plisse !

— Au fait, pourquoi ne t'amènerions-
nous pas? s'écria Bambriquet en la regardant d'un air de pitié ; puisque je dois attendre à la porte, tu pourras rester avec moi
et tu t'amuseras à voir les toilettes de ces
grandes dames... Nous prendrons un fiacre
à l'heure, et quand la petite aura fini, nous
rentrerons tranquillement tous ensemble.
Va t'habiller, Jeanneton, et fais-toi bien
belle : on verra par là que nous ne sommes
pas des domestiques, et que nous attendons
une personne de la société.

Un éclair de joie brilla dans les yeux de la gouvernante.

— Oui, oui, ce sera charmant ! dit-elle avec vivacité ; et comme nous serons bien mis, on nous engagera peut-être à entrer... car enfin, si ces gens-là sont polis, ils ne nous laisseront pas faire le pied de grue dehors ; et puis je pourrai raconter à tout le monde que je suis allée au bal chez une comtesse, avec votre fille et avec cette chipie de madame de Salviac, qui fait tant la fière... Allons, allons, vite, monsieur, il faut nous habiller ; Lisa est déjà prête.

Grâce à l'activité de la gouvernante, en un clin d'œil Bambriquet fut habillé, et après avoir fabriqué elle-même une immense rosette à la cravate blanche de son maître, elle courut à sa toilette. Bientôt elle reparut affublée de la robe ponceau et du bonnet à fleurs de coquelicot dont il a déjà été question. A peine les apprêts étaient-ils terminés qu'Élisa sortit de sa chambrette, fraîche et souriante, dans son élégante toilette de bal : la femme de chambre de Cécile la suivait fière de son ouvrage, et ravie d'être pour quelque chose dans la parure de cette charmante enfant.

Élisa fut un peu surprise de voir son père et Jeanneton dans leur costume de cérémonie, et elle en demanda la cause. Avant de lui répondre, Bambriquet parla bas à la femme de chambre qui sortit aussitôt ; puis il vint conter triomphalement à sa fille comment Lapiquette et lui avaient résolu de l'accompagner chez le comte de Montreville.

En apprenant cet étrange projet, la pauvre enfant rougit de honte.

—Vous, mon père ! s'écria-t-elle avec un douloureux étonnement ; vous, m'attendre dans l'antichambre, au milieu des valets, tandis que moi... Oh ! non, non, c'est impossible !

—Qu'y a-t-il là d'extraordinaire, mademoiselle la sucrée? On m'a fait sentir qu'il n'était pas décent de te laisser aller avec des étrangers, et de cette manière je pourrai toujours veiller sur toi... Crois-tu donc que je serai déshonoré pour avoir passé quelques heures avec des domestiques? J'en ai connu qui valaient mieux que leurs maîtres ; et d'ailleurs il y a de braves gens partout !

— Sans compter, s'écria Lapiquette, que si ces nobles savent vivre, ils pourront nous

engager à entrer dans le bal; il me semble,
continua-t-elle en jetant sur sa personne un
regard de complaisance, que nous ne sommes pas trop *déchirés*... Ces invitations-là se
font tous les jours.

Élisa ne pouvait croire que son père eût
parlé sérieusement; elle se jeta sur un siége
et se mit à fondre en larmes.

— C'est une leçon, murmura-t-elle, c'est
une leçon sévère que vous avez voulu me
donner, je le vois maintenant... Vous avez
raison, mon père, quelques instances que
l'on m'eût faites, je n'aurais pas dû accepter
cette invitation; je n'aurais pas dû consentir à
entrer dans ce monde qui vous repousse, à
fréquenter des personnes qui se croient d'un
rang supérieur au nôtre... Je comprends le
sens caché de votre conduite. Pardonnez-

moi... je vais quitter cette parure de fête, qui me pèse maintenant, et je resterai près de vous sans me plaindre et sans murmurer.

Et elle se dirigea vers la porte de sa chambre.

CHAPITRE XXVII.

XXVII

Bambriquet, dans sa grossièreté d'impressions, ne pouvait comprendre l'erreur généreuse de sa fille; il lui ordonna impérieuse-
ment de rester.

— Qu'est-ce que cette nouvelle folie ? s'é-

cria-t-il, et où diable as-tu vu que je voulais
te donner une leçon? Mais je ne t'empêche
pas d'aller chez cette comtesse, moi ; au contraire.... Je dis seulement que Lapiquette et
moi nous t'accompagnerons ; ce sera plus
décent que de venir avec ces Salviac, des
étrangers.

Elisa doutait encore : une absence aussi
complète de dignité dans un vieillard lui
semblait impossible.

— Mon père, dit-elle enfin avec noblesse,
en passant son mouchoir brodé sur ses yeux
humides, je ne pouvais croire... le respect
que je vous dois... mais, puisque vous parlez
sérieusement, je vous supplie de me pardonner si je résiste à vos volontés pour la
première fois... je me repentirais toute ma
vie de vous avoir mis dans une position dont

vous devriez rougir et dont je rougirais la
première. Si l'invitation par acquit que vous
avez reçue de madame de Montreville me
laissait l'espoir que vous seriez bien accueilli
dans le salon de cette dame, je serais heu-
reuse d'y entrer avec vous, je serais fière d'y
paraître appuyée sur votre bras... mais du
moment que je peux avoir à craindre pour
vous un mauvais accueil, je ne dois pas
souffrir que vous vous y exposiez, et je renonce moi-même au plaisir que je m'étais
promis.

— Oui-dà, mademoiselle ! répliqua Bambriquet avec colère, comme vous arrangez
ça ! Et moi je vous dis qu'il faut que vous
teniez votre promesse en allant à ce bal :
d'abord, parce que l'on vous attend ; ensuite
parce que vous devez chanter avec la petite

demoiselle, votre camarade; ensuite... ensuite, parce que j'entends qu'il en soit ainsi.
De mon côté j'ai plusieurs raisons pour me
trouver là : je veux voir comment se don-
nent ces grandes soirées, parce que cet hiver il faudra que je reçoive du monde pour
vous trouver un mari, ce qui n'est pas facile
avec vos exigences. D'ailleurs, il y aura à ce
bal un certain prince de Z... qui me doit de
l'argent, et dont je ne serais pas fâché de
voir enfin le blanc des yeux.

Cette dernière considération n'était pas
de nature à changer la détermination de la
jeune fille; aussi répliqua-t-elle avec énergie :

— Mon père, j'aurai le courage de vous
désobéir, s'il le faut; je ne consentirai jamais à paraître dans un salon, tandis que

vous resteriez dans l'antichambre, confondu avec des valets...

— Qu'est-ce que cela signifie? s'écria Bambriquet, naturellement très-irritable, et excité d'ailleurs par les signes de Lapiquette ; vous ne voulez pas? voilà du nouveau! eh bien, moi, je veux... et ne me pousse pas à bout, vois-tu, parce que je serais de force à t'emballer dans un fiacre et de te conduire là-bas bon gré mal gré... Ne me fais pas monter sur *mes grands chevaux*, petite, il n'y ferait pas bon.

— Mon père, au nom de tout ce qu'il y a de plus sacré...

— Ah! tu oses me résister! ah! tu prétends être la maîtresse!... eh bien, nous verrons; vous n'êtes pas encore majeure, mademoiselle!

— Tenez ferme, dit tout bas la gouvernante.

Au milieu de cette scène où la pauvre enfant subissait une si cruelle torture morale, Salviac, déjà tout habillé pour le bal, entra dans les al on. La femme de chambre l'avait prévenu qu'il n'était plus nécessaire d'attendre mademoiselle Bambriquet, et il venait s'informer de la cause de ce contre-ordre. L'ex-chiffonnier se mit à lui énumérer longuement les raisons, selon lui irréfutables, qu'il avait d'accompagner sa fille. Quant à Élisa, elle ne dit rien ; mais elle lui jeta un regard si triste, si plein de désespoir, que l'artiste se sentit ému de pitié.

Salviac avait eu trop souvent besoin d'étudier le caractère de son impitoyable créancier, pour ignorer qu'il n'obtiendrait rien de lui en froissant son orgueil ; aussi eut-il l'air d'abord de trouver la démarche projetée beaucoup moins inconvenante qu'Élisa ne semblait le croire. Puis, prenant le vieillard à part, il lui parla quelques instants avec chaleur : quelle que fût la nature des considérations qu'il fit valoir, elles eurent l'air de produire quelque impression sur l'obstiné Bambriquet.

— Au fait, vous pourriez avoir raison, reprit-il, ma considération personnelle... et puis ma dignité. Allons, ne pleure pas, petite, continua-t-il en se tournant vers sa fille; ça te rendrait laide et on se moquerait de toi. Ce n'est pas la peine de faire tant de bruit pour si peu de chose; je ne sortirai pas.

— Comment, monsieur, demanda Lapiquette avec colère, vous consentez?...

— Tais-toi donc, dit tout bas Bambriquet en souriant malignement, il faut bien en finir.

Édouard s'était approché de la jeune fille et lui adressait quelques consolations. En ce moment on vint annoncer que la voiture était prête, et que madame de Salviac attendait.

— Eh bien, partez, dit Bambriquet tranquillement ; bonsoir, Lisa, et amuse-toi bien.

La jeune fille se leva.

— Non, mon père, dit-elle avec accablement ; cette cruelle discussion, où j'ai été forcée de résister à vos volontés, m'a éclairée sur mes véritables devoirs : je ne dois pas assister à une réunion où vous ne serez pas ; je prie M. de Salviac de présenter mes excuses à Hermance et...

— Ah ! tu vas te faire prier maintenant ?

s'écria Bambriquet d'un ton foudroyant; eh bien, mille tonnerres! ça m'ennuie à la fin! je veux que tu ailles à ce bal, je le veux: entends-tu, ou sinon...

— J'irai, mon père, dit la jeune fille épouvantée.

— Eh bien, donc, amenez-la; ses larmes sècheront en chemin... et qu'elle parte bien vite, ou nous pourrions nous fâcher tout rouge, car je sens déjà que *la moutarde me monte*.

Salviac s'empressa d'entraîner la pauvre enfant éperdue jusqu'à la voiture où Cécile était déjà, et ce fut ainsi qu'Élisa partit pour cette fête où il allait lui falloir chanter et sourire. Mais, outre les impressions pénibles que lui avait laissées la scène précédente, elle avait un autre motif d'inquiétude: il ne lui était pas échappé que son père, tout en paraissant renoncer à son projet, avait conservé une dernière pensée. Elle communiqua ses craintes à M. et à madame de Salviac qui tentèrent, mais vainement, de la rassurer ; et l'on peut se faire une idée de ce qu'avait dû souffrir cette douce et timide créature dans les magnifiques salons de l'hôtel de Montretreville.

Les soupçons d'Élisa étaient fondés : à peine était-elle partie que Bambriquet, tout joyeux et tout fier du tour qu'il avait joué à sa fille, envoya chercher un fiacre et monta dedans avec Lapiquette qui riait aux éclats. On les conduisit sur-le-champ à l'hôtel de Montreville, et dès qu'ils eurent déclaré au suisse qu'ils venaient attendre une personne de la société, on ne fit aucune difficulté de

les laisser dans l'antichambre où une foule
de valets étaient réunis.

Tout alla bien d'abord. Bambriquet et
Lapiquette, assis côte à côte dans un coin de
cette immense salle, s'amusaient à examiner
les toilettes et à écouter les titres pompeux
des invités. Personne ne semblait les avoir
remarqués dans la foule : ils pouvaient se
livrer à toute leur admiration pour un luxe
et une splendeur dont ils n'avaient pas d'i-
dée jusque-là, et qui leur imposait malgré
eux ; malheureusement ils avaient été recon-
nus par quelqu'un dont ils ne soupçonnaient
pas la présence et qui comptait bien ne pas
leur laisser passer tranquillement cette soirée.

Parmi ces laquais bariolés qui remplissaient l'antichambre se trouvait Narcisse, ce
petit groom de Salviac, qui depuis longtemps

avait sur le cœur bon nombre de griefs contre Lapiquette et contre Bambriquet. L'occasion parut favorable au méchant garne-
ment pour se venger de l'un et de l'autre ;
mais il savait trop combien ses maîtres
seraient mécontents s'il jouait un rôle appa-
rent dans la plaisanterie qu'il méditait, pour se
montrer à ses futures victimes. Il se tint au
contraire à l'extrémité de la salle, et s'approchant d'un groupe au milieu duquel se distinguait un magnifique chasseur à moustache noire, au port majestueux, il parla longtemps à ces gens qui étaient sans doute ses
camarades. Une espèce de discussion s'éleva
entre eux, puis un défi fut porté et accepté
au milieu des éclats de rire étouffés, et les
causeurs se séparèrent. Narcisse et les autres se retirèrent dans un angle de la salle,

pour observer ce qui allait se passer, tandis que le grand chasseur, un poing sur la hanche et l'autre main à sa moustache, s'avançait d'un air vainqueur et en se dandinant vers l'endroit où le maître et la gouvernante étaient assis.

Ni l'un ni l'autre n'avait remarqué ce manége qui présageait une mystification. Bouche béante et le cou tendu, ils épiaient le moment où la portière qui cachait l'entrée du salon se soulevait, pour jeter un regard curieux dans la pièce voisine. D'ailleurs le duo venait de commencer, et Bambriquet avait cru reconnaître, autant que le lui permettaient l'éloignement et le brouhaha des laquais, la voix de sa fille Élisa. Il écoutait donc avec une espèce de complaisance, et il ne remarqua pas que le grand chasseur était venu s'asseoir à côté de sa gouvernante sur le coin de la banquette; Jeanneton elle-même n'y avait pas fait attention, lorsqu'elle se sentit doucement poussée par le bras, et une grosse voix lui dit d'un ton goguenard :

— Bonjour, Jeanneton ! ça va bien, ma petite mère ?

Elle se retourna vivement et regarda fixement celui qui venait de parler. En voyant un visage qui lui était parfaitement inconnu, elle fit un geste de surprise ; cependant, comme le chasseur était un cavalier superbe, qualité que Jeanneton admirait par-dessus tout, elle crut devoir lui répondre avec son plus gracieux sourire et de sa voix la plus mielleuse :

— Vous vous trompez sans doute, monsieur; je n'ai pas l'honneur de vous connaître.

— Allons donc! dit l'impudent laquais
en feignant l'incrédulité, tu veux faire la
bégueule?... Voyons, ne vous appelez-vous
pas Jeanneton Lapiquette?

— C'est vrai; mais...

— N'êtes-vous pas de Cambrai?

— J'en conviens; cependant...

— En ce cas-là tu as tort de ne pas reconnaître tes amis... tu ne te souviens donc pas
de Morissot, qu'on appelait le grand Morissot, ex-brigadier du 6e dragons, en garnison à Cambrai, il y a dix ans?... Allons, tu
m'as fait des traits, je le sais; mais sois bonne
fille, et je te pardonne; que diable! je n'ai
pas de rancune.

Jeanneton était stupéfaite et devenait aussi

rouge que sa robe. Le chasseur citait des
noms et des faits qui ne lui étaient pas étrangers, mais elle ne le connaissait pas lui-même
et elle ne se souvenait pas de l'avoir jamais
vu. Cependant son persécuteur parlait à voix
haute avec un sang-froid imperturbable. On
a deviné que le méchant drôle avait reçu de
Narcisse les renseignements les plus précis,
renseignements que Narcisse tenait lui-même
d'une ancienne servante, compatriote de Lapiquette, et brouillée avec elle. Mais comme
Jeanneton ignorait cette circonstance, elle
croyait presque à une intervention surnatu-
relle, et une sueur abondante coulait sur
son visage, signe certain de ses angoisses
secrètes.

CHAPITRE XXVIII.

XXVIII

En ce moment le duo finissait dans l'intérieur du salon, et Bambriquet se retourna
pour causer avec sa compagne. En apercevant le prétendu Morissot, il fronça le sour-

cil ; Lapiquette fit un effort désespéré, afin de
se débarrasser de son persécuteur.

—Monsieur, reprit-elle avec fermeté, je
ne sais ce que vous voulez me dire, je ne
vous connais pas, et je vous prie de me laisser tranquille.

— C'est fort mal d'oublier ainsi tes amis,
ma chère ! répondit le chasseur avec un accent de reproche ; ton père, que j'ai rencon-
tré dernièrement à la barrière, n'était pas
aussi fier que toi, nous nous sommes brave-
ment grisés ensemble... A propos, je te préviens que ton père n'est pas très-content de
toi ; il prétend que tu le laisses dans la misère
lui et ses enfants, et qu'il ne t'a pas vue depuis plus de six mois... Il a fini par m'em-
prunter trois francs, que je te prierai de me
rendre si tu en as les moyens. Le pauvre

diable m'a fait pitié, tant il était déguenillé,
et il m'a semblé qu'il n'était pas mieux dans
ses affaires ici qu'à Cambrai.

Bambriquet ne put écouter plus longtemps
ces piquantes révélations; il intervint tout à
coup, et il dit à l'impitoyable mystificateur,
de son ton le plus rogue en enflant sa voix:

—*Môsieur,* qu'y a-t-il pour votre service?
que demandez-vous à mademoiselle?

Au lieu de répondre, le prétendu Morissot
regarda Bambriquet avec insolence par-dessus l'épaule de Lapiquette.

—Que veut-il donc, celui-là? dit-il avec
un sourire de mépris; est-ce que c'est ton
nouveau, Jeanneton? Il a l'air diablement
ancien, ton *nouveau !*

—Non, non, s'écria la gouvernante qui

perdait tout à fait la tête, c'est monsieur...
c'est mon maître, enfin.

— Ton maître? répliqua le chasseur, dont
le regard eut l'air de s'adoucir; tu as donc
aussi été obligée de te mettre en service, ma
pauvre Jeanneton? C'est comme moi : en quit-
tant le régiment, j'étais tellement dépourvu
de *quibus* qu'il a bien fallu manger le pain
des autres... Enfin, puisque c'est ton maître,
nous pouvons bien causer de nos petites affaires. Il a l'air très-doux, ce monsieur, et il
doit être la crème des bons enfants.

Ces paroles, dites avec un aplomb merveilleux, étaient un outrageant sarcasme;
car Bambriquet avait en ce moment la plus
affreuse mine que l'on pût voir : tout son
visage était crispé par la colère et le soup-
çon.

— Monsieur, murmura Lapiquette d'une voix étouffée, je vous supplie...

— Allons donc ! interrompit tranquillement le grand gaillard, je te dis que ton maître, puisque c'est ton maître, ne trouvera pas mauvais que nous causions un peu du passé... que diable ! il a été jeune aussi... N'est-ce pas, monsieur, continua-t-il gravement, que vous avez été jeune ? eh bien, regardez cette belle personne-là, je puis dire que j'en ai été fou pendant deux mois ; j'en aurais été fou plus longtemps, mais il y en avait tant d'autres du régiment à qui elle ne faisait pas mauvaise mine... enfin elle m'a planté là pour suivre à Paris un mauvais chenapan qu'on appelait Joli-Cœur, un gaillard qui a eu la chance d'entrer dans la garde... Je ne lui en veux pas, à Joli-Cœur ;

mais si jamais je le rencontre, il peut être
sûr que je l'échinerai... Mais tu as eu tant
d'amoureux, ma bonne, que si je devais les
échiner tous, j'aurais trop à faire ; n'est-ce
pas, Jeanneton ?

Bambriquet était vert de rage : les yeux
lui sortaient de la tête ; il suffoquait.

— Monsieur, mon cher maître, lui dit Lapiquette d'une voix entrecoupée, en cher-
chant à prendre ses mains, ne croyez pas un
mot de ce que dit cet homme... je ne sais ce
qu'il me veut... ce sont d'infâmes calomnies !

— Tais-toi, tais-toi, malheureuse ! répliqua Bambriquet se contenant à peine. Tu
m'as trompé... moi qui te croyais la sagesse
et la vertu même !

Pendant cette scène, les compagnons du
mystificateur avaient donné le mot aux au-

tres valets, qui n'étaient pas fâchés d'occuper leurs loisirs, et tous étaient attentifs à la petite comédie qui se jouait en leur présence ; ils ne pouvaient entendre ce que disaient les acteurs, mais ils devinaient à l'air d'anxiété de Lapiquette et de Bambriquet, à la contenance effrontée du grand laquais, que la plaisanterie avait réussi au delà de leurs espérances. Des rires étouffés s'élevaient de toutes les parties de l'antichambre, et le malin Narcisse, particulièrement, se tordait dans un accès de gaieté convulsive.

Le prétendu Morissot s'efforçait de ne pas les imiter, car il voulait jouer son rôle jusqu'au bout.

— Eh bien, que se passe-t-il donc ? demanda-t-il gravement en regardant l'un après l'autre le maître et la gouvernante ;

est-ce que tu m'aurais trompé, vertueuse
Jeanneton? est-ce que ce vieux-là aurait eu
la prétention de te faire oublier le cinquième
de dragons? Ça serait une fameuse honte
pour le régiment, car nous étions diablement
aimables!

Mais l'impudent ne put garder son sérieux plus longtemps; son sang-froid factice
l'abandonna tout à fait, et il partit d'un franc
éclat de rire qui fut imité par tous les assistants.

C'était pendant que l'ancien chiffonnier
devenait ainsi le jouet de la valetaille de
l'antichambre que l'illustre prince de Z...
offrait sa main et son cœur à Élisa Bambriquet!

Cette joie bruyante révéla la vérité au
vieux propriétaire; s'apercevant enfin qu'il

avait été l'objet d'une grossière plaisanterie, il sauta, comme un chat effarouché, sur le mystificateur, qui ne s'attendait pas à cette agression, et le frappa au visage. L'autre, furieux, cessa de rire tout à coup, et d'un seul geste envoya tomber Bambriquet à dix pas. La-piquette, hardie comme une poissarde et irritée d'ailleurs par les sanglantes révélations qu'elle venait d'entendre (et dans lesquelles, soit dit en passant, il se trouvait beaucoup de choses vraies), vola au secours de son maître et mordit au bras l'ennemi commun, qui à son tour enleva d'un revers de main le bonnet à fleurs de coquelicot : le peigne de l'amazone vola en éclats, et ses cheveux, retombant sur son visage, l'aveuglèrent et la mirent pour un moment hors de combat.

Cette bataille tragi-comique et l'épisode burlesque qui la termina n'étaient pas de nature à faire cesser les risées frénétiques des spectateurs de l'antichambre. Cependant les menaces et les imprécations de Bambriquet, qui venait de se relever sans beaucoup de mal, les cris perçants de Jeanneton, inspirèrent la crainte que la plaisanterie n'eût pour ses auteurs des suites fâcheuses. On cessa de rire : chacun prit un air indifférent comme s'il n'eût eu aucune part à cette scène scandaleuse. Le grand chasseur alla éponger dans un coin son bras ensanglanté, tandis que le méchant Narcisse, auteur de tout ce complot, venait avec une mine hypocrite offrir ses services à Bambriquet et lui demandait doucereusement s'il n'avait aucun mal.

Bambriquet était dans un tel état d'exaspé-

ration et de rage qu'il était incapable de distinguer ses amis de ses ennemis. Les domestiques de la maison, qui tremblaient que le
bruit de cet esclandre n'arrivât jusqu'au salon, étaient accourus près de lui et cher-
chaient à le calmer; mais le vieillard était
intraitable et criait aussi haut que tous les
autres ensemble, pendant que Lapiquette se
rajustait en trépignant. L'intendant du comte
de Montreville accourut aussi, et sachant
quelle importance son maître attachait à ce
qu'aucun scandale ne vînt troubler la fête,
il ordonna d'entraîner dehors les perturba-
teurs.

Les valets se mirent en devoir d'obéir;
mais l'ancien chiffonnier n'était pas disposé
à supporter patiemment une pareille injure,

et il s'écria avec force, en se dégageant des mains qui déjà se posaient sur lui :

— Que pas un de vous ne me touche, ou il s'en repentira... vous verrez, drôles ! si je suis un homme qu'on puisse prendre pour plastron, et...

— Mais enfin, qui êtes-vous ? demanda l'intendant, qui craignait de commettre une méprise ; que faites-vous ici ?

— Je suis un ami de votre maîtresse, et j'attends ma fille Lisa qui est là dans le salon... c'est elle qui vient de chanter avec votre demoiselle.

— Le père d'une chanteuse ! dit l'intendant avec dédain ; Comtois, et vous, Lafleur, jetez-moi ça à la porte et lestement... s'il crie, faites-le prendre par la garde !

— Voulez-vous bien me lâcher ! s'écria

Bambriquet avec fureur pendant qu'on l'entraînait ; je ne veux pas sortir d'ici : je veux
qu'on me rende ma fille. Je suis l'ami de
plusieurs personnes qui sont dans le bal :
que l'on appelle M. de Salviac, que l'on appelle le prince de Z...

A ce nom du prince, l'intime ami du
comte de Montreville, l'intendant ordonna
aux valets d'arrêter.

— Vous connaissez donc M. de Z..., dit-il
avec inquiétude, pour vous recommander
ainsi de lui?

— Je ne le connais pas personnellement,
c'est-à-dire si... il me doit de l'argent... une
somme énorme pour laquelle je puis faire
vendre son hôtel... et Salviac aussi me doit
de l'argent ! car tout le monde me doit. Allez leur dire que c'est le père Bambriquet qui

est là et qu'il redemande sa fille ; vous verrez, vous verrez !

L'intendant ne savait plus à quel parti
s'arrêter ; il n'osait prendre sous sa respon-
sabilité de faire chasser honteusement un
personnage aussi étrange, et qui du reste se
recommandait du prince de Z... En le voyant
hésiter, Bambriquet reprit toute son assurance, et ce fut alors qu'il pénétra dans le
salon en appelant sa fille à grands cris, sans
que personne osât s'opposer sérieusement à
un pareil scandale.

On sait déjà quel effet avait produit son
arrivée bruyante au milieu de la fête.

CHAPITRE XXIX.

XXIX

Les chants et la musique avaient cessé tout à coup; les nobles dames et les élégantes demoiselles, effrayées de cette apparition subite d'un individu débraillé, au regard menaçant, s'enfuyaient à l'extrémité de la

salle en poussant des cris de terreur. On ren-
versait les banquettes et les fauteuils, et les
plus hardis avaient peine à se défendre contre cette panique.

Un homme éperdu se jeta néanmoins au-
devant de l'intrus, comme un général d'ar-
mée, qui, au moment d'une déroute, se dé-
voue pour sauver l'honneur : c'était le maître
de la maison, le comte de Montreville. Ce qui
se passait était un fait inouï dans les fastes de
l'hôtel, et le bon vieux seigneur levait les
yeux et les mains au ciel, comme pour le
prendre à témoin de l'outrage qu'il recevait.
Il se posa courageusement devant Bambriquet, pour l'empêcher d'aller plus loin, et
il lui demanda avec un accent de colère et
de désespoir :

— De quel droit, monsieur, pénétrez-vous

chez moi d'une façon si inconvenante? C'est
une violation de domicile, c'est une infamie !

Bambriquet ne se déconcerta pas; il était
dans un état d'exaspération tel qu'aucune
considération humaine n'eût pu l'arrêter.

— C'est donc vous, dit-il avec insolence,
qui êtes le maître? Eh bien, j'ai à vous dire
que vos domestiques sont des brigands et des
scélérats qui ont osé outrager mademoiselle
que voici (et il désignait Lapiquette qui,
malgré son bonnet de travers, se redressait
fièrement); je les ai traités comme ils le mé-
ritent. Maintenant ne craignez rien, je ne
resterai pas une minute chez vous dès qu'on
m'aura rendu ma fille. Mais qu'en avez-vous
fait? continua-t-il en regardant autour de lui.
Lisa ! Lisa ! où es-tu donc ?

Personne ne répondit. Un sourd murmure se fit entendre dans la foule.

— Il n'y a personne ici qui ait des rapports avec un pareil homme, dit le comte avec dégoût en regardant autour de lui : qu'il sorte donc bien vite ; sa présence est une honte pour ma maison.

— Et moi, je vous dis qu'elle est chez vous ! s'écria Bambriquet en s'avançant résolûment de quelques pas ; je me moque pas mal de vos politesses et de vos convenances, moi ! vous êtes tous des aristocrates ! Mais je me suis battu en juillet, voyez-vous, ou du moins j'aurais pu me battre tout comme un autre, et je veux qu'on me rende ma fille, il me la faut !

— Ta fille, misérable ! dit une voix près

de lui, du ton de l'indignation ; tu es parvenu enfin à la faire mourir de honte !

Bambriquet se retourna brusquement, et il aperçut enfin un groupe que son ahurissement l'avait empêché de remarquer plus tôt. Sur un fauteuil, dans l'embrasure d'une fenêtre, était Élisa entièrement inanimée et ses yeux éteints : sa pâleur de marbre contrastait avec sa fraîche parure de bal ; Cécile la soutenait dans ses bras, pendant que Salviac lui faisait respirer un flacon de sels. Celui qui venait de parler était le prince lui-même, debout, l'œil en feu, ne pouvant maîtriser sa colère à la vue de ce père indigne qui appelait à tout jamais la réprobation du monde sur une innocente enfant.

Une justice à rendre à Bambriquet, c'est qu'en apercevant la jeune fille évanouie, il

oublia tout le reste et courut à elle avec empressement.

— Lisa ! ma chère Lisa, s'écria-t-il en sai-
sissant sa main froide et inerte, réponds-
moi... que t'a-t-on fait ? Mon Dieu ! on dirait
qu'elle est morte !

—Elle n'est pas morte, dit Cécile avec un
profond soupir ; c'est votre conduite odieuse
et brutale qui lui a fait perdre ses sens...
elle a besoin d'air ; il faudrait la transpor-
ter hors d'ici.

— Voilà donc la personne que vous ré-
clamez ?... demanda le comte de Montreville,
qui avait hâte de faire cesser le scandale,
et dont l'anxiété étouffait en partie la générosité habituelle ; eh bien, qu'on la transporte
dans une pièce voisine, qu'on lui donne
tous les secours que nécessite son état... mais,

pour Dieu, que l'on délivre le salon au plus
tôt de ce grossier personnage, et maudit soit
celui qui a attiré sur ma maison un pareil
affront !

Cependant, le premier moment passé, les
invités s'étaient rapprochés peu à peu du
groupe principal. Le bruit se répandait que
le père de la charmante cantatrice qu'on
avait applaudie peu d'instants auparavant
était l'auteur de tout ce vacarme, et l'on voulait juger par soi-même des motifs réels de
cet humiliant esclandre. Les femmes, avec
leur curiosité naturelle, avaient été les premières à s'avancer vers le théâtre de cette
scène, aussitôt que les gestes furieux et les
éclats de voix de Bambriquet étaient devenus
moins effrayants. Parmi elles se trouvait

Hermance qui avait entendu les paroles de colère prononcées par le comte.

— N'accusez personne d'une faute dont je suis seule coupable, dit-elle à voix haute d'un ton chagrin ; cette demoiselle était mon amie de couvent, et j'avais cru, quoiqu'elle n'appartînt pas à une famille honorable, qu'elle était digne de paraître dans le monde choisi... Mon amitié pour elle m'avait aveuglée sans doute sur les dangers d'une pareille invitation ; mais je ne pouvais supposer que son père viendrait jusqu'ici la faire rougir par sa présence.

En entendant parler d'Élisa avec tant de dédain par celle même qui se disait son amie, le prince tressaillit; ses yeux s'animèrent, et il ouvrit la bouche comme pour protester au nom de cette malheureuse jeune fille qui ne pouvait se défendre ; mais une puissance irrésistible arrêta la parole sur ses lèvres, et il resta immobile et morne comme auparavant.

Comme nous l'avons dit, Bambriquet commençait à se calmer et à éprouver une sorte de honte de s'être conduit avec tant d'imprudence et de brutalité, lorsque les expressions méprisantes de mademoiselle de Montreville vinrent ranimer toute sa colère.

— Moi, faire rougir ma fille ! s'écria-t-il impétueusement. Apprenez, mademoiselle, que jamais personne n'a eu à rougir de moi... Je suis connu dans mon quartier : je suis éligible, et j'ai eu trente-cinq voix aux dernières élections pour être conseiller municipal... et si l'on doute que je sois un homme comme il faut, il ne manque pas ici de personnes qui se feront un plaisir de répondre pour moi. Et tenez, continua-t-il en désignant le prince qui était debout devant lui en proie à quelque lutte violente et secrète, j'aperçois ici M. Moreau, mon locataire, qui pourra vous dire...

Des rires nombreux et moqueurs inter-rompirent l'ancien chiffonnier.

— Voilà une plaisante méprise, disait l'un.

— Cet homme est fou, disait un autre ; ne voyez-vous pas qu'il donne tous les signes d'un cerveau dérangé ?

— Il prend déjà M. le prince de Z... pour un de ses locataires ; vous allez voir tout à l'heure que nous nous trouverons tous être de ses amis et même de ses cousins.

— Le prince de Z...! s'écria Bambriquet
qui saisit ce mot au bond; eh bien, si le
prince de Z... est ici, qu'il se montre... Je suis
môsicu Bambriquet, à qui il doit cinquante
mille écus; et s'il consent à me reconnaître
pour un galant homme, je lui promets qu'il
ne s'en repentira pas.

Des rires plus bruyants que les premiers se
firent entendre dans l'assemblée.

— Cessons une telle plaisanterie, dit le
comte de Montreville avec impatience; vous
pourriez, mon cher, inventer des mensonges
moins ridicules. Comment pourriez-vous in-
voquer le souvenir de certains rapports entre
vous et l'honorable personnage dont vous
parlez? il est devant vous, et vous lui avez
donné un nom qui n'est pas le sien.

Bambriquet entrevit enfin la vérité.

— Comment? lui... Moreau... M. le prince! s'écria-t-il d'un air de stupéfaction qui augmenta l'hilarité des assistants; au fait je ne le connaissais pas moi-même, c'est mon notaire qui a fait le prêt... Eh bien! monsieur, que vous soyez prince ou Moreau tout court, vous avez habité ma maison et vous pouvez rendre témoignage...

Alfred releva la tête, il était très-pâle.

— Monsieur, répliqua-t-il d'une voix brève, je ne sais ce que vous voulez dire... Si je suis votre débiteur, adressez-vous à mes gens d'affaires. Quant à mon opinion sur vous, dispensez-moi de l'exprimer ici; elle ne vous serait pas favorable.

En même temps il lui tourna le dos brusquement et se perdit dans la foule.

— C'est pourtant notre locataire du second, s'écria effrontément Lapiquette, incapable de se taire, je l'ai bien reconnu ; mais il paraît que nous n'avons personne pour nous ici ; heureusement que les cautions comme ce Moreau ne sont pas bien rares et bien précieuses !

M. de Montreville frappa du pied.

Eh bien ! qu'attendez-vous donc ? dit-il aux valets ; emportez cette jeune fille et jetez cet homme à la porte... Ceci devient intolérable.

Les domestiques s'avancèrent pour obéir.

— Attendez, attendez, s'écria Bambriquet d'un air d'angoisse, si ce monsieur, prince ou non, dont je suis en train de faire vendre l'hôtel, ne veut pas me reconnaître, il est ici d'autres personnes qui pourront vous affirmer que je ne mérite pas d'être traité si indignement... Salviac et sa femme que voici demeurent dans ma maison, et ils savent bien...

Mais l'artiste, pas plus que le prince, ne voulut accepter aux yeux de l'élite du monde aristocratique, la solidarité du monstrueux scandale dont tout Paris devait s'occuper le lendemain. Il secoua la tête avec vivacité, et prenant par la main Cécile qui jusque-là avait prodigué à Élisa les soins les plus touchants, il l'entraîna à l'autre extrémité du salon en disant à haute voix :

— Je n'ai rien de commun avec cet individu, et je ne m'opposerai pas à ce qu'on en fasse justice.

En se voyant désavoué si honteusement par ceux même que, grâce à son argent, il croyait tenir dans sa dépendance absolue, l'ancien chiffonnier fut repris d'un violent accès de rage.

— Ah! c'est ainsi! s'écria-t-il en montrant le poing. Eh bien! méchant gâcheur de terre glaise, si tu ne me connais pas, je te ferai connaître mon huissier! Et quant à ce prétendu prince...

Il ne put en dire davantage; deux robustes laquais se jetèrent sur lui et le poussèrent vers la porte, tandis que d'autres enlevaient le fauteuil dans lequel Élisa était toujours inanimée. Lapiquette suivait ses maîtres, à demi portée par un chasseur qui s'était emparé d'elle, et comme Bambriquet lui-même, elle poussait des cris de menace et des imprécations; mais ces clameurs forcenées ne se firent bientôt plus entendre que dans l'antichambre, puis dans l'escalier, et elles finirent par être entièrement étouffées sous le bruit des conversations particulières qui reprirent promptement leur cours dans le salon.

CHAPITRE XXX.

XXX

On peut se faire aisément une idée de
l'agitation qui régnait dans l'assemblée après
un événement si nouveau dans les fastes du
monde élégant. On s'était formé en groupes,
les uns mystérieux et discrets, les autres

bruyants et exaltés, chacun jugeant à sa manière ce qui venait de se passer, blâmant ou
approuvant la conduite du maître de la maison, et faisant des suppositions à perte de vue
sur certaines circonstances relatives au prince
Alfred; mais il ne vint à la pensée de personne de plaindre la noble et belle jeune
fille dont on avait admiré un moment auparavant les grâces et les talents; elle portait
sa part de désapprobation qui pesait sur son
père, et elle était enveloppée dans le même
mépris.

Il devenait urgent de faire diversion aux
réflexions passablement malignes qui s'é-
changeaient dans toute l'assemblée. Le pauvre comte de Montreville avait entièrement
perdu la tête et s'agitait d'un air désespéré,
sans songer que la fête restait trop longtemps

suspendue. Mais la comtesse, qui s'était tenue à l'écart pendant l'invasion inconvenante de Bambriquet, vit d'un coup d'œil
combien il fallait se hâter d'effacer l'impression défavorable que cet événement extraordinaire avait produite sur tous les invités.
Elle donna des ordres à plusieurs valets qui
se mirent aussitôt en mouvement pour obéir,
puis elle s'avança vers le comte, morne et
consterné, et elle lui dit tout bas quelques
paroles.

—Oui, oui, répliqua le maître de la maison, que la fête continue... Priez ces messieurs et ces dames de se remettre au piano...
Quelle honte pour ma maison ! ajouta-t-il en
gémissant ; j'en mourrai de chagrin !

Mais la comtesse n'eut pas l'air d'avoir entendu cette plainte tragi-comique.

— Excusez-moi, monsieur, reprit-elle
d'une voix joyeuse qui domina le bruit des
conciliabules; mais, après ce ridicule événement, qu'il n'était au pouvoir de personne
de prévoir ou d'empêcher, nos amis ne
pourraient donner toute leur attention à la
musique, aussi bonne qu'elle soit... Je crois
donc qu'il vaudrait mieux que le bal com-
mençât de suite.

Le comte fit un signe d'assentiment, et
aussitôt un orchestre joua les airs de contredanse les plus gais et les plus sautillants. En
même temps une légion de valets entra portant des plateaux chargés de toutes sortes de
rafraîchissements; sans doute les gens avaient
reçu des instructions particulières, car ils se
hâtèrent de se répandre dans les groupes, et,
avec les formes les plus respectueuses, ils

importunèrent si bien les plus hardis causeurs qu'ils les forcèrent d'interrompre les
conversations commencées pour prendre
une glace ou un sorbet. D'autres valets re-
muaient les banquettes et les pianos, afin de
faire place à la danse ; l'orchestre devenait
de plus en plus bruyant, et le cornet à piston
faisait rage : bref, il n'y avait pas dans le salon entier un seul coin où pût avoir lieu une
conversation suivie ; aussi les symptômes fâcheux qui avaient inquiété les maîtres de la
maison ne tardèrent-ils pas à disparaître :
les groupes menaçants se dispersèrent, les
dames cessèrent de chuchoter entre elles, le
sourire reparut sur tous les visages. Bientôt
les couples s'avancèrent pour former les
quadrilles ; les inutiles s'enfuirent dans les
salons de jeu, et il ne resta dans la pièce

principale que les dignes personnes, connues sous le nom de *tapisseries*, qui pussent encore s'entretenir du précédent scandale ; mais pour celles-là il eût été bien inutile de chercher à les empêcher de médire, et comme la comtesse le savait, elle ne s'en inquiéta pas.

Lors donc que l'assemblée eut repris sa physionomie normale, le prince, qui avait disparu dès que Bambriquet l'avait interpellé directement, se montra de nouveau ; mais une véritable transformation s'était opérée dans toute sa personne. Quoiqu'il fût encore un peu pâle, il n'avait plus cet air sombre et contraint qui frappait tout le monde au commencement de la soirée ; il était au contraire calme, attentif, poli, presque gai ; il adressait des paroles gracieuses à ceux de ses amis qui se trouvaient sur son passage ; il avait retrouvé cette urbanité parfaite, cette expérience du monde qui le faisaient aimer et estimer de ceux qui l'approchaient.

Au moment où l'orchestre donna le signal de la contredanse, il aperçut Hermance, entourée de jeunes filles avec qui elle causait vivement; il s'élança vers elle, et avec sa grâce irrésistible il l'invita à danser.

Mademoiselle de Montreville pinça les lèvres avec un peu de dépit.

— Prenez garde, monsieur le prince, dit-elle avec quelque aigreur, que, si vous me revenez, je puis croire que c'est par suite du départ d'une personne dont vous étiez exclusivement occupé tout à l'heure...

Cette allusion sembla faire vibrer dans le cœur du prince une corde douloureuse, et ses traits s'altérèrent légèrement; mais ce ne fut qu'un éclair.

— Méchante ! dit-il en souriant; vous ne savez rien pardonner à la faiblesse humaine, et vous ignorez que nous vivons dans un siècle misérable où la galanterie même a un motif intéressé.

— Que voulez-vous dire, monsieur le prince?

— Je veux dire qu'il n'est pas permis à un pauvre débiteur d'être empressé auprès d'une autre dame quand la fille ou la femme de son créancier est présente.

— C'est donc pour cela que toute la soirée vous avez été si attentif auprès de cette demoiselle?

— Hélas ! oui, dit le prince en affectant un air piteux.

Hermance partit d'un franc éclat de rire qui fut répété par ses compagnes, et elle tendit la main à Alfred qui la conduisit à la danse. Cinq minutes après, tous les invités savaient ou croyaient savoir pourquoi le prince de Z... avait paru si prévenant pour la fille de Bambriquet, et pourquoi Bambriquet avait osé se recommander de lui. Alfred avait compris qu'après certaines insinuations peu flatteuses pour lui, il devait au monde quelques explications, et il avait livré le secret de sa fortune pour garder celui de son cœur.

On dansa toute la nuit. Jamais le prince n'avait été aussi galant et aussi empressé auprès d'Hermance. Salviac profita d'un moment où il se dirigeait vers un cabinet écarté pour respirer un peu, et il lui dit à voix basse :

— Prince, excusez-moi de vous avertir

que vous et moi nous nous sommes fait ce
soir un ennemi irréconciliable... Tenez-vous
sur vos gardes... il nous fera tout le mal
qu'il pourra.

— Tant mieux, murmura Alfred d'une
voix sombre qui contrastait avec la gaieté ré-
pandue sur son visage une minute auparavant ; il me deviendra si odieux que je finirai
peut-être par étendre ma haine à tout ce qui
le touche... Cette terrible leçon de ce soir
me servira peut-être ; j'ai été bien faible, mais
je lutterai encore. Et voyez, continua-t-il
avec une expression pénétrante où se confon-
daient l'ironie et le désespoir, voyez comme
la volonté est puissante... j'ai déjà eu le courage de *la* renier, de *la* calomnier. Oh ! je
suis lâche à force de courage !

Salviac lui serra la main, et ils se séparèrent. Mais au lieu de prendre un peu de repos, le prince courut inviter Hermance à une valse; la folle jeune fille accepta, et ils s'élancèrent dans l'espace en tourbillonnant.

— Décidément, marquise, disait l'une des vieilles dévotes que nous connaissons déjà, en regardant ce couple gracieux, je crois qu'il ne faut pas désespérer de voir ce mariage cet hiver... Pourvu que le prince n'ait pas la fantaisie de se marier à Saint-Roch et de frustrer ainsi notre bon curé de Saint-Thomas d'Aquin.

CHAPITRE XXXI.

XXXI

A l'extrémité du faubourg Saint–Germain s'élève un grand édifice formé de deux hô-tels contigus dont les vastes jardins s'éten-dent jusqu'au boulevard intérieur. C'est là que s'est établie depuis longtemps une con-

grégation de femmes, célèbre par son ultra-
montanisme, et qui s'est consacrée uni-
quement à l'éducation des jeunes filles dont
les parents sont assez riches pour payer an-
nuellement une pension élevée. Il ne nous
appartient pas de rechercher si cette éducation est ou non parfaitement en harmonie
avec les idées de la société actuelle ; toujours
est-il que cette maison est peut-être la seule
de ce genre qui donne aujourd'hui à Paris
une idée exacte de ce qu'on appelait *un cou-*
vent sous l'ancien régime, c'est-à-dire d'une
maison religieuse où les jeunes demoiselles
entraient dès l'âge le plus tendre, et dont
elles ne sortaient que pour se marier. Aussi
les familles aristocratiques ont-elles adopté
cet établissement où certaines idées, certaines
méthodes, certaines formes, se sont fidèle-

ment conservées lorsque tout change à l'en—
tour; et parmi les pensionnaires, les noms illustres et sonores l'emportent de beaucoup
en nombre sur les noms obscurs et roturiers.

On peut se faire aisément une idée des
traditions d'orgueil qui doivent se perpétuer
dans ces établissements, formés tout exprès en
vue d'une caste privilégiée; heureusement
Élisa, qui avait été élevée dans celui dont
nous parlons, s'était trouvée assez bien douée
par la nature, pour apprécier avec son seul
bon sens ce qu'il y avait de faux dans cet en-
seignement où, tout en prêchant la charité
et l'humilité chrétiennes, on exaltait la va-
nité du rang et du nom; mais d'un autre
côté elle avait acquis dans la société choisie
qui fréquentait le couvent cette délicatesse
de goûts, cette élévation de sentiments qui de-

vaient tant la faire souffrir plus tard lorsqu'il lui faudrait rentrer dans toute la prose grossière et repoussante de la maison paternelle.

C'était néanmoins dans le couvent où elle avait passé sa jeunesse que la fille de l'ancien chiffonnier Bambriquet avait voulu se retirer après l'épouvantable scandale de l'hôtel de Montreville. Lorsqu'elle avait repris ses sens et lorsqu'elle avait connu de quelle manière humiliante son père et elle-même avaient été traités, sa honte et son désespoir n'avaient plus connu de bornes; si la religion ne fut venue à son secours, elle eût succombé sous leur poids. Néanmoins, dans sa douleur, elle ne prononça pas un reproche, pas une plainte contre son père, l'auteur de tous ses maux; elle se contenta de lui demander comme une grâce, au bout de quelques

jours, la permission de reprendre cette vie
simple et monotone du couvent, qui lui semblait le bonheur après tant de luttes et de se-
cousses.

Bambriquet ne crut devoir faire aucune
objection sérieuse à cette demande. Il commençait à comprendre vaguement ce que sa
conduite avait eu d'odieux et de cruel le soir
où il avait si brutalement compromis sa fille,
et il sentait qu'il avait beaucoup à se faire
pardonner. D'ailleurs l'influence de la méchante créature qui avait su le dominer pendant si longtemps était encore diminuée; les
piquantes révélations du chasseur de l'antichambre avaient donné à penser au crédule
vieillard, et à force de réfléchir et de compa-
rer, il en était venu à soupçonner que cette
femme ne méritait pas la confiance absolue

qu'il lui avait accordée jusque–là ; il ne tenait plus à elle que par la force de l'habitude, tandis que sa fille, au contraire, ga-
gnait chaque jour dans son affection. Élisa
n'eut donc pas besoin de supplier longtemps
pour obtenir ce qu'elle demandait, et bientôt elle rentra au couvent, non plus comme
écolière (son éducation était parfaite depuis
longtemps), mais comme pensionnaire libre,
c'est–à–dire ayant le droit de suivre les exer-
cices de la maison ou de rester dans sa chambre, comme elle l'entendrait.

Un mois environ s'était écoulé : Bambriquet
venait voir sa fille presque tous les jours, et
ses visites étaient les seules qu'Élisa reçût
dans sa retraite : tout le reste du monde semblait l'avoir oubliée, et Bambriquet, par un
sentiment de délicatesse dont il eût été inca-

pable peu de temps auparavant, n'avait jamais prononcé un mot relatif aux personnes qu'elle avait connues pendant son séjour dans la maison paternelle. Quand il voyait la jeune fille plus triste qu'à l'ordinaire, il se contentait de prononcer vaguement quelques menaces contre ceux qui avaient fait du chagrin à sa pauvre petite ; car Bambriquet, malgré le témoignage de sa conscience, n'avouait pas encore qu'il fût l'auteur des maux de sa fille : il les attribuait à la méchanceté du monde, et il n'y connaissait qu'un remède, la vengeance : c'était la vengeance seule qu'il croyait devoir à son unique enfant.

Grâce à l'isolement dans lequel elle vivait et aux consolations qu'elle avait pu puiser dans la religion, Élisa semblait calme et résignée ;

elle n'évitait plus, comme les premiers jours,
les graves religieuses et les joyeuses pensionnaires qui se trouvaient sur son passage lorsqu'elle se promenait dans les jardins; elle
avait pour les unes un mot affectueux et plein
de respect, pour les autres un encourageant
sourire. L'air de souffrance maladive ré-
pandu d'abord sur son visage avait disparu
peu à peu : sa douleur sombre était devenue
de la mélancolie ; cependant un observateur
attentif eût pu reconnaître que ce calme n'é-
tait que le résultat d'un abattement profond
après des luttes violentes, et que le plus léger
incident, en éveillant des souvenirs plutôt
assoupis qu'étouffés, pouvait déterminer une
explosion.

Par une belle et froide journée de décem-
bre, elle se promenait seule, suivant son

habitude, dans les vastes allées du jardin ou plutôt du parc qui attenait au couvent. C'était un dimanche, et la cloche venait d'appeler à la chapelle les religieuses et les pensionnaires. Élisa, malgré sa piété bien connue, avait refusé de les suivre, peut-être parce que son âme était trop pleine pour qu'elle pût se livrer à la prière avec tout le recueillement nécessaire, et elle errait au hasard, son livre d'heures à la main, en essayant de lire l'office du jour. Elle était vêtue d'une simple robe de laine montante, et malgré le froid, elle n'avait pour coiffure qu'un foulard noué sous le cou, à la mode espagnole. Sa figure, ainsi encadrée, avait la blancheur et la pureté du marbre.

L'hiver avait dépouillé de leur feuillage les grands arbres qui remplissaient le jardin,

et leurs branches nues laissaient passer librement les rayons pâles d'un soleil sans
chaleur. Une brise aigre emportait quelques
feuilles sèches à travers les allées solitaires,
sur les gazons flétris des boulingrins. Le sa-
ble glacé criait sous les brodequins de 'la
jeune fille, et çà et là, dans les coins les
plus abrités, on remarquait encore des cou-
ches cristallines de gelée blanche.

Cependant, malgré l'aspect triste et désolé
de ces lieux, si délicieux au cœur de l'été,
ils avaient conservé une sorte de poésie sévère qui invitait à la rêverie : ce soleil si froid
jètait des teintes brillantes sur les branches
diversement coloriées des tilleuls, des acacias
et des sorbiers, et pénétrait en coins d'or jusque dans les plus épais massifs ; de petits oi-
seaux se disputaient, en pépiant les miettes

que les pensionnaires avaient semées pour eux à la dernière récréation, et on entendait dans le lointain, lorsque la brise cessait par intervalles de tourmenter les arbres desséchés, les sons purs et harmonieux des jeunes filles qui chantaient des cantiques dans la chapelle du couvent.

Élisa avait déjà fait plusieurs fois le tour de ce vaste enclos, lorsqu'à l'angle d'une allée elle s'entendit appeler par son nom. Elle passa rapidement la main sur ses yeux pour s'assurer qu'aucune larme furtive ne pouvait trahir ses réflexions secrètes, et elle s'avança au-devant de la personne qui venait ainsi interrompre sa solitude.

C'était une des religieuses les plus spécialement chargées de recevoir les étrangers, vieille, maussade et passablement rechignée,

qui, malgré son voile noir, sa croix d'argent
et son vœu d'humilité, était toute fière encore
de porter le nom d'une famille noble et ti-
trée. Elle annonça à Élisa qu'une dame fort
élégante, et qui se disait son amie, l'attendait
au parloir.

Élisa, dans sa morne misanthropie, se
croyait oubliée de tous ceux qu'elle avait ai-
més sur terre, et, ne sachant qui pouvait être
cette amie inconnue qui s'annonçait d'une
manière si mystérieuse, elle hésitait à se
rendre au parloir.

Pendant qu'elle adressait quelques questions à la sainte femme au sujet de cette visite,
un bruit de pas précipités se fit entendre à
quelque distance ; elles se retournèrent brusquement, et elles virent une femme enveloppée d'une pelisse de soie qui la cachait en-

tièrement, s'avancer vers elles avec rapidité.

C'était celle que la religieuse avait laissée dans la salle commune un instant auparavant, et qui, ne pouvant modérer son impatience, l'avait suivie à la piste dans le jardin. La religieuse fronça le sourcil d'un air sévère ; mais avant qu'elle eût pu adresser un mot de reproche à cette étrangère qui pénétrait ainsi, contre toutes les règles, dans l'intérieur de la sainte maison, Élisa poussa un cri de joie : elle s'élança vers l'inconnue, qui lui tendait les bras, et elles s'embrassèrent en sanglotant.

C'était madame de Salviac.

Tout à la joie de se revoir, les deux amies se livraient à leurs transports sans songer qu'on les épiait ; mais elles ne prononçaient que des paroles inintelligibles et entrecoupées, en s'étreignant l'une l'autre à diverses reprises ; enfin elles se séparèrent avec effort.

— Madame, dit Élisa avec douceur en se tournant vers la religieuse qui les observait d'un air inquisiteur, je n'ai pas besoin de vous dire que cette dame est la bienvenue pour moi, et que j'aurai le plus grand plaisir à passer quelques instants près d'elle.

— Il suffit, mademoiselle ; mais je vous ferai observer que le jardin n'est pas un lieu destiné à recevoir les visites : d'ailleurs il fait grand froid, et si vous vouliez bien passer au parloir...

— Oh ! non, non ! interrompit Cécile précipitamment en s'adressant à son amie ; ma bonne Élisa, j'ai à vous parler de choses im-

portantes, qui ne doivent être entendues que
de vous.

La jeune fille fit à la religieuse un signe
suppliant.

— Comme vous voudrez, mademoiselle,
dit la vieille nonne, blessée dans sa curiosité ;
vous n'êtes pas dans la condition commune
de nos pensionnaires, et vous pouvez agir
à votre guise ; cependant je vais prévenir madame la supérieure, et elle décidera.

Elle s'inclina légèrement et s'éloigna en
grommelant pour faire son rapport.

Mais les deux jeunes femmes étaient trop
vivement émues pour s'inquiéter en ce moment de puériles tracasseries de couvent. Dès
que la religieuse se fut éloignée, elles entrela-
cèrent leurs bras et leurs mains ; puis se te-
nant embrassées comme deux sœurs qui se

revoient après une longue absence, elles
s'enfoncèrent sous les longues charmilles dé-
pouillées de feuillage.

D'abord, leur cœur était trop plein à l'une
et l'autre pour qu'elles pussent parler : elles
pleuraient, elles s'étreignaient en silence ;
enfin, quand elles furent arrivées dans la
partie la plus retirée du parc, Cécile regarda
fixement mademoiselle Bambriquet, et elle
lui dit d'une voix étouffée :

—Élisa, ma bonne, ma chère enfant, vous
ne m'en voulez donc pas ? Il est donc bien
vrai que vous n'avez contre moi ni haine ni
colère ?

— Eh ! pourquoi en aurais-je, Cécile ?
demanda la jeune fille avec une sorte d'étonnement mélancolique.

—Pourquoi ? répéta Cécile en baissant les

yeux ; croyez-vous donc que j'aie oublié le lâche abandon auquel je me suis vue forcée dans la soirée fatale...

— Ne me parlez pas de cela, dit Élisa avec amertume ; oui, oui, je sais que le soir dont vous parlez je fus repoussée, reniée par tout le monde... Je n'ai accusé, je n'ai maudit personne ; mais, par pitié ! ne réveillez pas ces honteux souvenirs.

— Il le faut cependant, Élisa ; il faut que je vous explique comment, à la suite du scandale inouï causé par une personne qui vous touche de près, il était impossible à vos amis de prendre votre défense, sans attirer sur eux la réprobation qui retombait sur votre... Si vous saviez, mon ange, comme le monde est cruel, tyrannique surtout pour ceux qui sont forcés, par position, de subir ses impérieuses exigences! Dans cette assemblée se trouvaient des personnes puissantes dont M. de Salviac devait conserver à tout prix la bienveillance et l'appui... et quant à moi, Elisa, je vous le jure, si Édouard ne m'eût entraînée, j'allais...

La jeune fille poussa un profond soupir.

— Abrégeons ces pénibles explications, reprit-elle; Cécile, j'avais cru que votre visite avait un autre but que de reporter ma pensée sur des choses que je voudrais oublier.

— Eh! comment vous apprendre ce qui m'amène ici, dit madame de Salviac en fondant en larmes, si vous conservez contre moi au fond de votre cœur un levain de rancune et de colère? Je viens vous demander un douloureux sacrifice ; je viens vous demander de

me sauver, moi, mon mari, mon enfant et...
d'autres encore.

Élisa s'arrêta et la regarda attentivement.

— Serait-il possible! s'écria-t-elle, et
comment pourrais-je... Oh! parlez, parlez,
Cécile, continua-t-elle en se jetant à son
cou, n'êtes-vous pas ma plus tendre, ma
meilleure amie?

— Oh! je savais bien, moi, s'écria la
jeune femme avec transport, que je n'im-
plorerais pas vainement les secours de ma
bonne Élisa!

CHAPITRE XXXII.

XXXII

Les deux amies parcouraient lentement
les allées les plus solitaires du jardin. Élisa,
après avoir cédé à un premier mouvement
généreux, ne put s'empêcher d'exprimer un
sentiment d'amertume et de regret :

— Cécile, reprit-elle en soupirant, vous
ne deviez pas douter de moi, et cependant
pourquoi faut-il que je puisse attribuer à un
motif d'intérêt personnel le souvenir que
l'on m'accorde après un mois presque entier
d'oubli?

— L'oubli! répéta madame de Salviac
avec véhémence; Élisa, rétractez cette parole, c'est de l'ingratitude envers moi, envers tous vos autres amis... Depuis la fatale
soirée je n'ai pas cessé un instant de penser
à vous, de m'occuper de vous. Ignorez-
vous donc que je me suis présentée chez votre père pour apprendre de vos nouvelles;
que je l'ai supplié vainement de m'accorder
la permission de vous voir, et qu'il n'a ré-
pondu que par des injures et des menaces à

mes supplications?.... Hier seulement, j'ai connu le lieu de votre retraite, et.....

— Assez, Cécile, ne vous excusez pas, interrompit Élisa ; c'est moi qui ai tort, et un peu d'injustice est bien permise quand on a été si malheureuse! Pauvre amie ! je connais le ressentiment de mon père contre vous et les vôtres, et je devine combien il a dû vous traiter cruellement.

— Ainsi donc, Élisa, vous savez jusqu'à quel point il a poussé ce ressentiment, et quelle vengeance il prépare contre ceux à qui il attribue l'affront que vous avez reçu à l'hôtel de Montreville ?

— Je l'ignore tout à fait.

— Eh bien, apprenez donc... Je ne voudrais pas vous offenser... mais comment parler de cette odieuse conduite sans ressentir une juste indignation? Vous n'avez pas oublié que mon mari était redevable à votre père d'une somme égale à peu près à la valeur de tout ce que nous possédons; si, passé un certain délai, elle n'était pas remboursée, tous nos meubles, tout ce luxe modeste dont je me suis fait une douce habitude, devaient revenir à M. Bambriquet... Le terme prescrit par le contrat est passé depuis quelques jours.

— Excusez-moi, mon amie, reprit la jeune fille avec timidité, mais n'ai-je pas entendu dire à M. de Salviac que, s'il obtenait la commande du monument de Dresde...

— Il est vrai, ma chère, répondit Cécile en rougissant, que, grâce aux sollicitations d'un ami généreux, mon mari a obtenu ce

qu'il demandait; une somme assez considérable lui a été avancée sur ses travaux à venir; mais ici il faut que je vous fasse un pé-
nible aveu... Cet argent a été dépensé, gas-
pillé avec une légèreté que moi seule je n'ai
pas le droit de blâmer. Vous savez combien
Édouard m'aime; il veut que je brille et il
craint toujours que la simplicité de ma mise
ne soit un objet de moqueuse pitié pour les
femmes opulentes que nous rencontrons dans
le monde... La veille de la soirée chez la
comtesse de Montreville j'avais eu l'imprudence de dire que de toutes les dames invi-
tées je serais la seule peut-être qui n'aurais
pas de diamants; le lendemain, au moment
de m'habiller, je trouvai sur ma toilette cette
aigrette en brillants que je portais dans cette
fatale soirée... Édouard, pour satisfaire un

de mes frivoles caprices, avait dépensé toute
cette somme, qui était notre seul espoir!

— Voilà donc ce que c'est que le luxe ! dit
la jeune fille d'un air rêveur.

— Dieu m'en est témoin, continua Cécile,
bien que je ne sois pas insensible aux jouis-
sances de la parure, j'ai déploré cette pro-
digalité inutile, et le lendemain même de la
fête j'ai voulu revendre ce funeste bijou ;
mais l'orfévre en offre un prix bien infé-
rieur à celui qu'il a coûté. Et, d'ailleurs,
nous avons acquis la certitude qu'il nous est
impossible, quoi que nous fassions, de nous
soustraire à l'implacable vengeance de votre
père, car c'est le désir de vengeance seul
qui l'anime désormais contre nous. Jugez-en
plutôt. Il a su qu'en dehors des sommes qui
lui étaient dues par mon mari, nous avions

d'autres dettes ; il a acheté sous main ces créances, il a fait les poursuites nécessaires, et si demain à midi toutes les sommes ne sont pas intégralement payées, nous serons honteusement chassés de la maison, nos meubles même ne seront plus à nous, mon mari, mon bon, mon généreux Édouard, le père de mon enfant sera jeté en prison comme un criminel.

Les sanglots lui coupèrent la parole et elle cacha son visage dans le sein d'Élisa.

— Ne vous laissez pas aller ainsi à la douleur, dit la jeune fille en pleurant comme elle ; Cécile, mon père ne peut avoir conçu des projets aussi cruels ! Il se laissera fléchir, et...

— Attendez, interrompit madame de Salviac, vous ne savez pas tout encore ; je ne

vous ai parlé que de mes maux, et cependant
ce vieillard impitoyable a choisi une autre
victime, un homme stoïque, plein de noblesse et de courage, qui eût dû être à l'abri
de pareilles atteintes.

Élisa devint pâle et tremblante.

— De grâce, madame, de qui me parlez-
vous? demanda-t-elle d'une voix étouffée.

— Du prince de Z..., Élisa, de l'homme
généreux que vous avez vu caché dans la
maison de votre père sous le nom de Moreau:
comme nous il a attiré sur lui la colère de
M. Bambriquet, et comme nous il sera enveloppé dans sa vengeance..... Si demain,
à pareille heure, le prince n'a pas payé une
somme considérable, il sera chassé de l'hôtel
qui a été habité pendant plusieurs siècles
par ses ancêtres. Cet hôtel lui-même sera

mis en vente, et tout Paris apprendra demain que le dernier rejeton d'une des plus grandes familles de France est ruiné, insolvable, déshonoré !

— Le prince ! monsieur Moreau ! murmura la jeune fille respirant à peine. Cécile, je vous en supplie, expliquez-moi enfin les mystères dont il s'est enveloppé ; je ne puis comprendre...

— Vous ne comprenez pas, enfant, que la fortune du prince est très-bornée, et que ne pouvant soutenir convenablement son nom et son rang il est obligé de se soustraire pendant six mois de l'année aux exigences de sa haute origine... Pendant qu'on le croyait occupé à parcourir la France et l'Europe dans l'élégante chaise de poste où on l'avait vu partir, il rentrait dans Paris, seul, à pied, et il venait s'établir dans votre maison; là, sous la modeste apparence d'un petit rentier, il vivait dans l'économie, dans les privations même, afin de pouvoir reprendre quelques mois plus tard le rôle brillant que son rang lui impose. Édouard a appris tous ces détails de la bouche même du prince, qui est devenu son ami; il m'a dit qu'il n'avait jamais vu porter plus dignement le poids d'un grand nom et d'une grande infortune.

— Il est vrai, s'écria la jeune fille les joues rouges, l'œil enflammé, dans un transport fébrile, et cependant il y a eu un moment où cet orgueil, ce nom, ce rang, il a tout mis à mes pieds !... C'était le soir où... Mais, folle que je suis ! continua-t-elle d'une voie sourde en baissant les yeux, il s'en est repenti aussitôt... il m'a repoussée, reniée comme les autres !

Cécile la regardait d'un air étonné.

— Eh bien, reprit Élisa avec égarement, s'il est pauvre, s'il ne peut soutenir son rang, que n'épouse-t-il la riche héritière qui lui est destinée? j'ai entendu dire que c'était ainsi que se relevaient les grandes familles. Hermance est noble comme lui, elle aura une fortune immense, et si j'en crois quelques mots qu'elle a laissés tomber plusieurs fois en ma présence, aucune difficulté sérieuse...

— Rien n'est moins sûr que ce mariage, quoique le monde le regarde toujours comme prochain. Chaque fois que je parle à Édouard de ce projet, il secoue la tête et il me fait

entendre qu'il y a un obstacle invincible.
Elisa, les paroles qui viennent de vous
échapper me prouvent que vous savez
mieux que personne de quelle nature est cet
obstacle!... Je ne dois pas vous le dissimuler,
depuis la soirée qui nous a été si fatale à
tous, le prince n'a pas paru dans le monde;
il reste enfermé dans son hôtel, indifférent
à tout ce qui ne touche pas au secret de son
cœur; il s'est à peine inquiété des actives
poursuites de M. Bambriquet, lors même
qu'il pouvait encore les ralentir ou les faire
cesser. Et qui sait, mon enfant, si vous
n'êtes pas, sans vous en douter, la com-
plice des vengeances de votre père contre
lui ?

A mesure qu'elle parlait, Elisa avait re-
levé lentement la tête, et elle suivait avide-

ment le mouvement de ses lèvres. Quand Cécile s'arrêta, elle se jeta dans ses bras avec transport sans prononcer une parole, et elle se remit à pleurer.

— Eh bien, ma chère, reprit-elle après une pause en se dégageant doucement de ses bras, que puis-je faire pour le... pour vous sauver tous?

— Il faut que vous voyez votre père, que vous le suppliiez d'accorder de nouveaux délais.

— Hélas ! Cécile, ignorez-vous donc combien j'ai peu de crédit auprès de lui?

— Oh! je sais qu'il est bien changé ; je sais qu'il a des remords pour tous les maux qu'il vous a faits dans le court espace de temps que vous avez demeuré près de lui...

Maintenant il est triste et honteux de ses torts envers vous, et l'acharnement qu'il met à vous venger prouverait seul combien il les déplore. Votre prière le désarmera; il croira avoir donné satisfaction à vos griefs en vous faisant des concessions... D'ailleurs songez, Élisa, qu'on ne lui demande que du temps, on ne lui demande que de la complaisance, afin d'éviter le scandale et le bruit. Le talent de mon mari est largement rétribué; nous modifierons notre genre de vie, nous ferons des économies, tout sera intégralement payé un peu plus tard. Quant au prince, il pourra facilement trouver un autre prêteur, dès qu'il aura l'esprit assez libre pour défendre lui-même ses intérêts... S'il voulait s'adresser à certains amis puissants...

— Il suffit, dit la jeune fille avec chaleur,
je verrai mon père, et dussé-je me traîner à
ses genoux, dussé-je pleurer toutes les larmes de mes yeux, je le ferai renoncer à ses
projets.

— Oh! merci, merci, ma bonne Élisa,
je savais bien, moi, que vous ne me refuse-
riez pas votre appui! Je suis venue vous
trouver à l'insu de tout le monde, car Sal-
viacet le prince eussent été trop fiers pour
encourager ma démarche... Mais moi je ne
crains pas de m'humilier devant vous, parce
que vous êtes bonne et généreuse, parce que
vous m'aimez et que je vous aime... Eh
bien il faut me suivre à l'instant; ma voiture est à la porte; partons, partons de
suite!

— Cécile, demanda la jeune fille d'un

air abattu, ne m'acorderez-vous pas un instant pour remettre un peu d'ordre dans mes
idées? peut-être que demain...

— Mais demain il sera trop tard! s'écria
madame de Salviac; demain mon pauvre
Édouard sera traîné en prison, nos meubles
seront vendus, et mon enfant et moi nous
serons sans asile; demain le prince sera
chassé de son hôtel par les suppôts de la justice... Écoutez, Élisa, je sais qu'un homme
de loi a apporté ce matin chez M. Bambriquet tous les papiers qui concernent la
créance du prince et la nôtre, afin de remplir certaines formalités indispensables. Demain matin on viendra chercher ßes papiers,
et dans la journée les saisies auront lieu...
vous voyez donc qu'il n'y a pas un instant à
perdre.

— Eh bien, partons, dit Élisa avec ardeur; je vous sauverai tous, Cécile, lors même que mon père devrait m'écraser sous ses pieds.

CHAPITRE XXXIII.

XXXIII

Elles sortirent du jardin et elles firent une
courte station dans la chambre de la jeune
fille, qui prit son chapeau et sa pelisse ; puis
elles descendirent au parloir où se tenait la
vieille religieuse que nous connaissons déjà,

et Élisa lui expliqua en quelques mots qu'une affaire de famille du plus haut intérêt l'obligeait à voir son père sur-le-champ. La nonne voulut faire des observations, mais, sans l'écouter, mademoiselle Bambriquet, s'élança dans la cour extérieure avec Cécile, qui se tenait cramponnée à son bras comme si elle eût craint qu'elle s'échappât.

En les voyant venir tout effarées, Narcisse se hâta de déployer le marchepied : les deux femmes se blottirent dans la voiture, qui sortit de la cour avant qu'on eût pu susciter aucune difficulté à ce départ précipité.

Le cheval qui traînait l'élégante *demi-fortune* de madame de Salviac semblait avoir des ailes, tant il allait vite, et cependant

Narcisse, qui savait peut-être le prix des instants, le fouettait sans cesse.

Les rues, les quais, les places se succédèrent avec rapidité; à mesure qu'on approchait du terme du voyage, Cécile et surtout Élisa sentaient leur cœur se serrer; mais au moment où la voiture pénétra dans la rue de la Santé, la jeune fille, dont les regards erraient au hasard sur la voie publique, fut frappée d'une apparition étrange.

La rue était déserte, mais dans l'encoignure d'une porte cochère se tenait un homme de haute taille, à figure sinistre et railleuse à la fois, qu'elle reconnut facilement, bien qu'il fût enveloppé d'un manteau et que son chapeau fût enfoncé sur ses yeux. C'était Joli-Cœur, ce prétendu cousin de la gouvernante, qui avait joué un si triste rôle au

souper des fiançailles. Il avait l'air d'être en
observation, et ses allures passablement sus-
pectes eussent donné beaucoup à penser à
Elisa, si son esprit eût été plus calme en ce
moment. Cependant elle se rejeta brusquement en arrière afin de ne pas être aperçue,
et la sensation désagréable que lui fit éprouver cette rencontre n'était pas entièrement
dissipée lorsque la voiture pénétra sous la
porte cochère toujours ouverte de la maison
Bambriquet.

A peine les deux jeunes femmes eurent-
elles mis pied à terre, qu'elles purent soupçonner un fâcheux contre-temps sur lequel
ni l'une ni l'autre n'avait compté. Les
fenêtres et la porte du petit pavillon à
un étage que Bambriquet occupait au fond
de la cour étaient fermées, et tout annonçait

que le maître et la servante étaient absents. Cécile et Élisa se regardèrent d'un air consterné ; avant qu'elles eussent pu se communiquer leurs craintes, il se présenta quelqu'un qui se hâta de les justifier.

La porte de la loge s'ouvrit brusquement, et dame Trichard, qui cumulait les fonctions de femme de ménage de Bambriquet avec celles de portèire de la maison, accourut tout endimanchée et en donnant à sa physionomiel'expression la plus gracieuse.

—Eh ! c'est la bonne mademoiselle Élisa ! s'écria-t-elle ; en voilà une de surprise pour monsieur et pour tout le monde ! Sur ma foi, on ne s'attendait pas à vous voir aujourd'hui et surtout en compagnie de...

— Madame Trichard, interrompit la jeu-

ne fille précipitamment, est-ce que mon père est sorti?

— Comme vous dites, mademoiselle, le
pauvre cher homme est allé se promener à
la campagne avec mademoiselle Lapiquette, et j'imagine qu'ils ne rentreront
que ce soir.

— O mon Dieu! que faire? dit Élisa avec
angoisse en se retournant vers son amie.

— Pourvu que ces terribles papiers soient
encore entre ses mains, murmura madame
de Salviac, il n'y a rien de perdu; il faut
l'attendre.

— Avec ça, reprit la bavarde portière,
qu'il n'avait guère envie de courir aujourd'hi
à la campagne, ce digne monsieur! Tout en
allant et venant pour faire le ménage, j'en-
tendais, sans le vouloir, je vous jure, ce

qu'il disait. Il paraît qu'il avait des affaires
pressantes chez son huissier, et qu'il désirait
y aller aujourd'hui même... mais mademoiselle Lapiquette l'a tant prié, tant prié, qu'il
a fini par céder. Cependant il paraît que la
chose en question lui tenait fièrement au
cœur, parce qu'il *bougonnait* toujours en
s'habillant pour sortir, et j'ai vu même le
moment où il allait sauter à bas du fiacre
que j'étais allée chercher, et rentrer dans la
maison ; c'est mademoiselle Jeanneton qui
l'a retenu.

Tous ces détails semblaient de sinistre
augure à la jeune fille, et un profond dé-
couragement se peignait sur son visage.

— Élisa, dit madame de Salviac avec un
accent de reproche, seriez-vous déjà à bout
de courage ?

Son amie ne répondit que par un sourire mélancolique.

— Madame Trichard, reprit-elle en s'adressant à la portière qui les regardait d'un air d'étonnement, vous avez sans doute, comme à l'ordinaire, la clef de la maison?

—Oui, certainement, mademoiselle; oh! pour ça on a toujours eu confiance en moi, et je puis dire qu'elle n'est pas mal placée; ce n'est pas moi qui laisserai entrer dans la maison des *malaifeteurs!* Ce méchant vaurien de Narcisse avait eu le front de dire que je m'endormais quelquefois dans la loge... mais je l'ai joliment rembarré, allez; j'en demande pardon à sa maîtresse!... Oui, continua-t-elle, j'ai la clef de la porte d'entrée; mais par exemple je ne réponds pas que vous trouviez tout ouvert dans l'intérieur, car vous savez que monsieur ferme toujours le salon où est sa caisse.

— Il suffit : donnez-moi cette clef; j'attendrai s'il le faut dans l'antichambre ou dans la salle à manger.

— Comme vous voudrez, mademoiselle, mais je n'ai pas besoin de vous dire que ma loge est à votre disposition et que je me ferai un honneur de vous y tenir compagnie.

— Et pourquoi ne monteriez-vous pas chez nous, ma chère Élisa? dit madame de Salviac; vous aurez peut-être longtemps à attendre...

— Non, non, répliqua la jeune fille à demi-voix : je connais le caractère de mon père : s'il supposait que je suis venue ici à l'instigation de personnes qu'il considère comme des ennemis, je ne pourrais rien obtenir de lui... C'est peut-être un bonheur qu'il ne se soit pas trouvé ici pour nous voir descendre de voiture ensemble ; il se serait roidi contre mes prières, en devinant qu'elles m'avaient été inspirées par vous. Il faut donc que vous remontiez à votre appartement, Cécile, et que vous attendiez avec patience le résultat de mes efforts.

Madame de Salviac sentit la justesse de ces raisons, et elle n'osa pas insister.

—Quant à vous, madame Trichard, reprit Élisa en se tournant vers la portière qui était allée chercher à un clou de la loge la clef du pavillon, souvenez-vous bien de ceci : c'est que ni mon père, ni sa gouvernante, ni personne ne doit savoir que je suis arrivée ici en compagnie de madame de Salviac.

La portière sourit de cet air familier

qu'avaient tous les domestiques de Bambriquet.

—Allez, allez, vous ne me connaissez guère,
mademoiselle, dit-elle d'un ton de suffisance;
vous avez bien trouvé la femme qui jase à
tout propos! Je ne vais pas deçà et delà sans
savoir de quoi il tourne, voyez-vous; mais je
le garde pour moi. Je sais des choses que si
je voulais... Jeanneton Lapiquette pourrait
vous dire comment on peut se fier à moi;
enfin, suffit. Vous ne voulez pas qu'on sache
que vous êtes venue dans la voiture de cette
dame : c'est bien, on se taira; quoique, après
tout, je ne voie pas grand mal à cela, moi;
vous êtes aussi bien faite qu'une autre pour
aller en voiture, et, sans offenser madame,
on sait bien que celle-là ne tardera peut-être
pas à vous appartenir avec tout le reste...

Un jour plus tôt, un jour plus tard, ça ne fait rien à la chose.

Ces paroles, qui prouvaient que la ruine imminente de Salviac n'était plus un secret pour la bavarde portière, firent monter le rouge au visage de la pauvre Cécile. Élisa lui tendit la main et lui dit à demi-voix :

—Adieu, mon amie, retournez chez vous, et priez Dieu qu'il me fasse réussir !

— Courage ! courage ! murmura Cécile d'une voix étouffée en portant à ses lèvres la main de la jeune fille.

Et elle s'éloigna dans la crainte que quelque indiscret ne vînt les surprendre.

Élisa resta immobile devant la loge, pensant aux mesures qu'elle devait prendre pour fléchir l'opiniâtre Bambriquet.

— Je parierais, dit la portière en se pen-

chant vers elle d'un air confidentiel, que je
sais pourquoi cette belle dame de rien du
tout est allée vous chercher au couvent :
c'est pour l'affaire de demain, n'est-ce pas ?
Eh bien, voyez-vous, ça ne fera rien, et, si
vous m'en croyez, vous ne vous en mêlerez
pas... Je connais monsieur depuis longtemps,
et je sais que quand il est *buté* à une chose,
le diable et l'autre diable n'obtiendraient rien
de lui... et il est buté cette fois, si buté que
jamais je ne l'ai vu comme ça. Si vous saviez
comme il faisait des yeux en parcourant ses
papiers, et comme il tapait du pied lorsque
mademoiselle Lapiquette a voulu le faire sortir ! C'est un conseil d'amie que je vous donne,
ma jolie demoiselle ; laissez aller les choses,
ou il en résultera peut-être malheur pour
vous ; je vous en avertis.

Malgré le ton de protection humiliante avec lequel étaient donnés ces conseils, Élisa comprenait qu'ils ne manquaient pas de sagesse ; mais elle se garda bien de laisser voir l'impression qu'ils avaient produite sur elle, et elle reprit avec dignité ·

— Il suffit, madame Trichard ; l'affaire qui m'amène ici ne concerne que mon père et moi. Je vais attendre le retour de M. Bambriquet ; souvenez-vous bien, encore une fois, qu'il ne doit pas savoir avec qui je suis rentrée : si quelqu'un doit le lui apprendre, ce sera moi.

En même temps elle se mit en devoir de traverser la cour, afin de gagner le corps de logis occupé par son père.

— Bon Dieu ! mademoiselle, s'écria l'officieuse portière, vous vous ennuierez toute

seule dans la maison ; ne voulez-vous pas que
j'aille vous tenir compagnie ? on cause, et ça
fait passer le temps.

— Restez, dit la jeune fille avec autorité, je
vous remercie de votre offre ; mais je désire
être seule... si j'ai besoin de vous, j'appellerai.

Et elle pénétra dans la maison, laissant
madame Trichard assez mécontente de la
manière dont ses fatigantes attentions avaient
été reçues. La digne portière se consola en
allant reprendre la lecture d'un vieux roman
prêté par une de ses voisines : cette lecture
était si attachante qu'elle ne tarda pas à s'en-
dormir dans sa bergère graisseuse, auprès de
son poêle de tôle où cuisait à grand bruit
son dîner.

CHAPITRE XXXIV.

XXXIV

Élisa eût bien voulu pénétrer dans la chambre qu'elle avait occupée pendant son séjour dans la maison paternelle; mais lorsqu'elle tenta d'ouvrir la porte du salon, qu'il lui fallait traverser, elle reconnut que Bam—

briquet, par une précaution qui lui était assez ordinaire, en avait emporté la clef. Elle fut donc forcée de s'arrêter dans une petite pièce destinée à servir de salle à manger, mais dont on avait fait une sorte d'antichambre encombrée d'armoires et de vieux meubles. C'était là que l'on recevait ceux que le maître de la maison ne se souciait pas d'introduire dans le *sanctum sanctorum* où était sa caisse. Elle était éclairée par une seule fenêtre, donnant sur un petit jardin à l'extrémité duquel s'élevait l'atelier de Salviac, et, par une exception singulière, cette fenêtre était ouverte en ce moment, quoique toutes les autres fussent hermétiquement fermées avec de solides volets doublés de tôle. Mais cette circonstance, qui eût excité dans tout autre temps les soupçons d'Élisa, n'attira pas son attention; elle se contenta de pousser négligemment les battants vitrés, afin de se garantir du froid, et, se jetant sur un siége, elle se mit à rêver aux moyens de fléchir son père.

Plus elle y réfléchissait, plus le projet qu'elle avait conçu lui semblait d'une exécution difficile. Elle savait que Bambriquet, comme tous les petits esprits, était, dans certaines circonstances, opiniâtre et rancuneux à l'excès. Sa colère bruyante, ses violences désordonnées n'avaient pas d'ordinaire une longue durée; c'était, suivant l'expression vulgaire, un feu de paille qui s'éteignait d'autant plus rapidement qu'il avait été plus ardent. Mais la manière dont il avait conduit sa vengeance depuis quinze jours, les sacrifices pécuniaires qu'il avait faits, le silence

qu'il avait gardé vis-à-vis de sa fille, l'acharnement qu'il avait montré le matin même,
indiquaient suffisamment que cette fois il ne
s'agissait pas d'un emportement passager,
mais d'une détermination sérieuse et réflé-
chie. Or, en pareil cas, son opiniâtreté, pour
n'être pas basée sur le bon sens, était aveu-
gle, insensible, sourde, stupide enfin, mais
par cela même inexorable. Aussi, malgré
l'affection qu'il avait témoignée récemment
à sa fille, il était presque certain qu'elle allait
essuyer un refus.

Elle se livrait déjà depuis quelques instants
à ces désolantes pensées lorsqu'un léger
bruit qui semblait partir de la pièce voisine
la fit tressaillir. Elle écouta, mais le bruit
cessa aussitôt et elle crut avoir été la dupe de
son imagination. Qui eût pu en effet s'in-

troduire dans cet appartement si soigneusement fermé, en plein jour, dans une maison
habitée? Cependant elle commença à éprouver quelque crainte. Le plus profond silence
régnait autour d'elle : Narcisse était sorti avec
la voiture pour aller chercher son maître chez
l'ambassadeur; l'atelier était désert et tout
annonçait qu'excepté madame de Salviac,
qui sans doute s'était enfermée chez elle pour
pleurer, la portière et Élisa étaient seules
dans la maison. Personne ne passait à cette
heure du dimanche dans la rue voisine, si
solitaire en tout temps, et d'ailleurs les cris
de la jeune fille eussent été trop faibles pour
se faire entendre des passants, à travers d'é-
paisses murailles et une vaste cour.

La pauvre enfant avait donc quelques raisons de s'alarmer de l'isolement où elle se

trouvait. La sinistre apparition de ce Joli-
Cœur qu'elle avait vu en embuscade à quelques pas de la maison lui revenait à la mé-
moire, et la circonstance d'abord inaperçue
de cette fenêtre ouverte lui parut, en y réflé-
chissant, de nature à exiger quelques pré-
cautions. Elle se levait donc pour appeler
madame Trichard et l'inviter à venir la joindre, lorsque le bruit qu'elle avait déjà entendu dans la pièce voisine se fit entendre de
nouveau, et cette fois distinctement; on eût
dit d'une serrure qui se brise avec effort; et
un instrument de fer assez lourd résonna sur
le plancher.

Élisa ne douta plus que des voleurs ne se
fussent introduits dans le salon, et elle ne
put retenir un cri d'effroi; puis, se dirigeant
vers la porte de la cour, elle allait l'ouvrir,

afin d'appeler au secours. Malheureusement
la terreur avait ralenti ses mouvements, et
avant qu'elle eût pu exécuter son projet, on
s'élança sur elle, et on lui dit d'une voix menaçante :

—Taisez-vous, ou vous êtes morte !

La pauvre fille se sentit défaillir ; cependant, l'imminence du danger soutint ses forces, et elle essayait encore d'ouvrir la porte
extérieure, lorsqu'une pièce d'étoffe fut jetée
sur son visage, autant sans doute pour
étouffer ses cris que pour l'empêcher de voir
le malfaiteur ; puis on l'entraîna rapidement
dans le salon dont la porte se referma derrière elle.

Là on lui laissa la liberté de se dégager
de l'espèce de voile dont elle était enveloppée et qui n'était autre chose qu'un vieux

châle de Lapiquette, oublié sur une chaise;
mais il ne lui fut pas plus facile qu'auparavant de reconnaître l'auteur de cette inconcevable agression. Le salon était plongé dans
une obscurité complète; les volets et les por-
tes étaient soigneusement fermés, et n'eût
été un tison fumeux qui désignait la place de
la cheminée, il eût été impossible à la jeune
fille de s'orienter dans cette pièce qui lui
était pourtant si connue.

A peine se fut-elle débarrassée de l'espèce
de bâillon qui l'étouffait, que la même voix
menaçante se fit entendre à côté d'elle.

— Si vous poussez un cri, reprit-on, si
vous tentez un mouvement pour fuir, je vous
tuerai sans pitié... Tenez-vous tranquille, et
ayez un peu de patience; on ne vous fera
pas de mal. D'ailleurs il n'y a personne dans

la maison et toute résistance serait inutile ;
dans quelques minutes vous serez libre.

En même temps on la prit par le bras et
on la conduisit vers l'un des grands fauteuils
qui étaient à demeure près de la cheminée ;
on la força de s'asseoir, en lui recommandant
encore une fois le silence et l'immobilité.
Lors même que la pauvre enfant eût eu le
désir d'appeler au secours ou de faire quelque résistance, elle n'en eût pas été capable.
La voix lui manquait tout à fait, et elle était
si tremblante qu'elle ne pouvait se soutenir.
L'inconnu, comme s'il eût compris qu'elle
était hors d'état de donner l'alarme et qu'il
fallait se hâter de mettre à profit ce moment
de faiblesse, se dirigea vers le secrétaire et
il parut faire de nouveaux efforts pour en
forcer la porte, qui était solide, épaisse, et à

laquelle Bambriquet avait ajouté récemment une serrure secrète.

L'audace de ce vol, au milieu de la journée, dans une maison occupée par plusieurs locataires et en présence même d'une jeune fille à la vérité bien impuissante pour l'empêcher, prouvait que le voleur, car il était seul, possédait les renseignements les plus exacts sur les localités et sur les circonstances qui rendaient son entreprise exécutable. Il agissait avec une sécurité parfaite, et il allait et venait au milieu de l'obscurité comme si les êtres de l'appartement lui eussent été familiers. Bientôt la porte du bureau céda, et le tintement des sacs d'argent apprit à Élisa que le misérable était venu à bout de son coupable projet.

Peu à peu ses yeux s'étaient habitués aux

ténèbres qui régnaient dans l'appartement, et elle commençait à apercevoir d'une manière plus distincte les objets qui l'entouraient. Ses regards s'attachaient sur l'homme qui la retenait prisonnière, mais il était enveloppé dans une sorte de grand paletot, et une casquette à oreillettes et à visière de cuir cachait presque entièrement son visage. Bien qu'il parût exclusivement occupé de sa besogne, il tournait de temps en temps la tête vers sa victime, comme pour surveiller tous ses gestes, et il faisait entendre une sorte de grondement sourd et menaçant bien capable d'entretenir sa frayeur.

Cependant Élisa secouait la torpeur qui, dans le premier moment, enchaînait toutes ses facultés. Sa pensée commençait à reprendre son cours, et elle cherchait le moyen d'empêcher le crime qui se commettait sous ses yeux. Le malfaiteur, quoique la caisse fût ouverte, ne semblait pas encore satisfait ; la jeune fille l'entendait fouiller dans les tiroirs et éparpiller les paperasses avec impatience ; elle crut le moment favorable pour une tentative désespérée, et elle se leva brusquement ; mais, avant qu'elle eût fait un pas, son persécuteur s'élança sur elle, et elle sentit la pointe d'un couteau sur sa poitrine.

Elle retomba sur son siége, et le voleur reprit sa tâche, sans qu'une seule parole eût été prononcée.

Enfin il parut avoir trouvé ce qu'il cherchait, et une exclamation de joie, ou plutôt un blasphème s'échappa de ses lèvres. Élisa entrevit qu'il serrait quelque chose dans son paletot, et elle devina que c'était le portefeuille dans lequel son père plaçait ses billets de banque.

— Malheureux ! dit-elle d'une voix étouffée, ne songez-vous pas que vous privez un honnête homme du fruit de son travail ?

— Lui, un honnête homme ! répliqua l'inconnu en ricanant ; allez, allez, mademoiselle, je ne ferai jamais autant de tort à ce vieux coquin de Bambriquet qu'il en a fait aux autres. Il n'osera pas se plaindre, vous verrez ! il a trop peur de la justice, qui lui demanderait d'où vient tout cet argent-là !

— Comment, malheureux ! osez-vous encore calomnier !

— Paix ! dit la voix d'un ton impérieux.

Un coup de sifflet bruyant et aigu se fit entendre dans la rue, comme un signal.

— Déjà ! reprit le voleur avec regret ; je

croyais avoir plus de temps à moi... C'est heureux pour vous, petite, car nous avions aussi un ancien compte à régler ensemble.

Ces dernières paroles furent dites avec un ton qui rendit à la jeune fille toutes ses terreurs; mais, sans faire attention à elle, le misérable se hâta de remplir ses poches de rouleaux qui semblaient contenir de l'or.

— Je ne prends pas tout, reprit-il avec un accent d'ironie sinistre, l'argent blanc est trop lourd... d'ailleurs il faut laisser de la graine pour une autre fois.

Un nouveau coup de sifflet se fit entendre, plus vif et plus bruyant que le premier.

— Diable! dit le coquin en s'approchant d'Élisa et en fixant sur elle des yeux qui brillaient dans l'obscurité d'un feu sauvage, il paraît qu'il est pressé!... c'est dommage, j'aurais été enchanté de profiter d'un si heureux hasard... A revoir donc, puisqu'il le faut.

En même temps il se pencha vers la jeune fille, et avant qu'elle eût pu s'en défendre, elle sentit sur son visage les lèvres impures du voleur. Ce baiser produisit sur elle le même effet que le contact venimeux d'un crapaud ou d'une vipère: tout son être se souleva de dégoût, elle recula en frissonnant, et elle poussa un cri d'horreur.

L'inconnu craignit sans doute que ce cri n'eût été entendu, car, s'enveloppant de son paletot, il s'élança vers la porte, qu'il referma brusquement derrière lui; puis, au lieu de sauter par la fenêtre du jardin, il traversa hardiment la cour, prêt à employer la force, s'il en était besoin, pour s'ouvrir un passage;

mais personne ne se présenta pour contra-
rier sa fuite, et il put gagner la rue sans
avoir été inquiété. Élisa, en effet, ne pouvait
plus donner l'alarme ; l'outrage qu'elle avait
reçu avait produit sur elle une impression
plus vive que les menaces de mort, et elle
avait perdu tout sentiment.

FIN DU TOME DEUXIÈME.